KB251533

짐승의 호흡으로
닌자처럼 달려라

"달리기는 리듬이다."

-무어

짐승의 호흡으로 닌자처럼 달려라

무어 지음

틈새의시간

노을공원
하늘공원
스트레스
천봉

홍제천
START

무어의 말

어제는 한 해의 마무리를 기념하여 마지막 새벽을 달렸고, 오늘은 새로운 한 해의 시작을 기념하려고 첫 새벽을 달렸다.

63일간 60장의 벽돌을 만들었다. 5일 동안 한 장의 벽돌을 만든 게으른 날도 있었고, 하루 석 장을 만드느라 부지런을 떤 날도 있었다. 게으름을 피우든, 부지런을 떨든 한 장, 한 장의 벽돌이 크기와 모양은 제각각이지만 나름 동일한 강도를 갖게끔 공을 들였다.

'역시 멜로'라고 별명을 붙인 친한 배우 형님이 있다.

배우에 무슨 급이 있겠느냐만(연기력을 논함이 아님), 급이 나누어지는 게 현실이다. 가끔 형님과 술자리를 하면 종종 이런 이야기를 한다.

"형님이 행인 1을 맡든, 극이 시작하자마자 죽는 배역이든, 그 장면이 없으면 영화가 완성될까요? 누구보다 잘 지나가면 되고, 누구보다 잘 죽으면 그 장면에서는 형님이 주인공이죠."

나의 이야기 토막들과 달리기, 그리고 멜로 형님의 다양한 배역은 모두 전체를 위한 하나의 단단한 벽돌이라 생각한다.

이 책은 달리기를 곁들인 소박한 자전 에세이다. 달리기의 기술이나 요령을 설파할 능력도 부족하거니와 삶의 지혜를 나눌 연륜 또한 짧다. 우연히 좋은 기회가 와서, 살면서 달리는 이야기와 달리면서 사는 이야기를 나눌 수 있어서 기쁘다. 그저 소박한 재미로 읽는 이에게 다가갈 수 있기를.

새해,

첫날,

첫 새벽.

모두에게 의미 있는 순간이다.

평균적으로 새해의 소망을 성공적으로 마무리하는 사람들은 8%라고 한다.

한 번도 8% 안에 들어가본 적도 없고 앞으로도 없을 듯

하지만, 소박한 내게 이런 귀한 시간을 내어준 '틈새의시간'
에 감사드린다.

2026년 새해를 기념하며

무어

차 례

10월

새벽 달리기

2025년 10월 30일, 목요일, 04:29, 영상 5도
15.07km, 5:02/km, 158bpm, 807Cal 소모

새벽, 이 시간의 하늘, 노을공원을 무척 좋아한다. 어쩌다 한두 명 달리거나 산책하는 사람을 보기도 하지만, 주말을 제외한 대부분의 날은 이 드넓은 공간에 혼자 있다. 특히나 밤이 길어지는 가을부터는.

새벽 달리기는 코로나 시절에 시작했다. 실외에서도 마스크 착용과 거리 두기가 시행되는 바람에 궁여지책으로 인적이 없는 이른 새벽에 달리게 됐다. 다양한 시간대를 달려본 후, 출·퇴근이 자유로운 나에겐 새벽 4시 기상이 수면과 일상에 크게 지장이 없다고 결론 내렸다.

올여름부터 공원 대다수 구간에 가로등이 설치되었다. 안전하기는 하지만 조금 아쉬운 면도 없지 않다. 컴컴한 공원

길을 혼자 달리다 보면 어느새 생각이 사라지고 오롯이 달리는 행위 자체에 집중할 수 있었다. 호흡, 심박, 자세 같은 가장 기본적인 요소들……. 그 순간만큼은 내가 숲을 지배하는 새벽의 특별한 존재가 된 듯했고, 공원 원주민인 고라니, 고양이들마저 나를 의식해 숨죽이고 있는 것 같았다. 하지만 환한 공원을 달리는 요즘은 '그냥' 달린다. 왼손에 항상 쥐고 있는 작은 손전등이 무색할 만큼 공원 길은 밝다.

이틀 전의 숙취를 핑계로 그제, 어제는 달리기를 쉬었다. 3일 만에 나왔더니 몸은 가볍지만 호흡이 거칠고 달리는 리듬이 매끄럽지 않다.

이틀을 쉬면 이틀을 달려야 리듬이 비로소 돌아오는 정직한 달리기.

무어에 관하여

안개 무(霧), 물고기 어(魚)

무어(霧魚).

20대 초반 공익 근무 시절 이외수 선생님 작품에 푹 빠져 있었다.

『들개』, 『꿈꾸는 식물』, 『칼』, 그리고 『황금비늘』.

무어는 『황금비늘』에 나오는, 안개 자욱한 날에 안개 속을 헤엄쳐 다니는 신비로운 물고기다. 현실에 존재하지 않는…….

당시 근무지는 고향 마을에 있는, 폐교되어 '청소년 수련의 집'으로 바뀐, 초등학교 모교였다. 그마저도 지금은 밭이 되어버렸지만.

수련의 집 근무자는 공익요원인 나와 청원경찰 동네 형 이렇게 둘뿐이었다(동네 5년 선배 형이긴 하지만 집성촌이라 항렬로는 조카뻘이다).

지금 생각하면 조금 웃기다. 청소년은 거의 안 오고 주로 대학생 MT, 교회 수련회, 회사 워크숍이 열리는 청소년 수련의 집이라니…….

아무튼, 성수기인 7, 8월을 빼고 10개월의 대부분을 형이랑 막걸리를 마셨다. 성수기를 뺀, 봄부터 가을까지의 근무 일지 기록은, '잡초 제거' 그리고 우리는 막걸리.

겨울 근무 일지 기록은, '눈 치우기' 그리고 우리는 막걸리. 하지만 풀은 끝없이 자라고 눈은 한없이 내렸다.

성수기 두 달은 조금 바쁜 듯했지만, 방문객들이 챙겨주는 술과 안주로 낮술만 안 할 뿐 똑같은 생활의 연속이었다.

평범한 시골보다는 산골에 가까운 마을에서 유유자적 매일 신선놀음만 하다 보니 내가 신선 수련을 하는 기분이었다. 오죽 무료하고 사람이 그리웠으면 『조선일보』를 정독했을까…….

그런 나날 중에 우연히 『황금비늘』을 읽게 되었는데 순간, 무릎을 탁! 탁탁!! 치게 됐다.

"신선은 못 되더라도 이제 나는 신비한 물고기 무어가 되자!! 오늘부터 내가 '무어'다!"

28년 전 일이다.

그날로부터 16년 후, 미용실을 오픈하며 이름을 '무어'로 등록했고, 비로소 나도 '무어'가 되었다.

여담.

술에 취하면 가끔 생뚱맞은 돌발 행동을 하는데, 지난주 어느 날, 집으로 가던 길에 동네 독립 서점에 들어가 책을 6만 원어치 샀다.

그중 한 권이 『털 난 물고기 모어』다.

'털 모(毛), 물고기 어(魚).'

아마도 물고기에 집착하여 '모어? 무어!' 하는 기분에 산 것 같은데, 결과적으로는 올해 구매한 책 중, 올해 술에 취해 한 행동 중 가장 잘한 선택이었다.

벽돌 쌓기

2025년 10월 31일, 금요일, 04:28, 영상 9도
17.35km, 4:50/km, 148bpm, 889Cal 소모

오늘은 같은 장소를 어제와 반대로 달렸다. 뭉쳤던 근육도 풀어지고 호흡도 안정적이다. 오늘도 공원에는 나 하나뿐이다.

야외 달리기의 매력은 같은 장소, 익숙한 코스라 해도 그날의 날씨와 시간에 따라 공기의 무게와 계절의 변화가 미세하게 달라지는 점인 것 같다.

내가 달리는 기본 코스는

집에서 출발하여 1km를 달리면 홍제천.

홍제천에서 3.5km를 더 가면 하늘공원 입구.

그리고 하늘·노을공원을 크게 한 바퀴 돌면 5.5km.

이렇게 집으로 왕복하면 대략 14.5km.

그날그날의 컨디션과 출근 시간에 따라 코스를 변경하여 10~30km를 달린다. 대회 시즌이 아니면 굳이 25km 이상은 달리지 않는다. 특별한 이유는 없고 그냥 힘들어서……. 그리고 10km 미만도 웬만하면 달리지 않는다. 역시 특별한 이유는 없는데, 무언가 나태하게 느껴져서다.

하지만 10km를 달리든, 40km를 달리든 힘듦의 차이는 없는 것 같다.

하루하루 달리는 행위를 하루 한 장의 벽돌을 만드는 작업이라고 생각한다. 42km의 튼튼한 벽을 3시간 동안 만들기 위한.

오늘 14km를 달렸으면 14km의 무게를 갖는 벽돌 한 장, 5km를 달리면 5km만큼의 벽돌 한 장.

42km를 달리는 일은 무척 고단하다. 그 거리를 3시간에 들어오든, 4시간에 들어오든 그건 중요하지 않다. 평상시 벽돌을 얼마나 성실하게 만들었는지, 그리고 목표하는 시간을 달리는 동안 얼마나 즐거웠는가에 비례할 뿐이다.

참으로 정직한 달리기.

생뚱맞게 시작한 마라톤

원래가 작고 마른 체질이다. 운동은 전혀 하지 않고 퇴근 후 반주를 즐기다 보니 마른 복어 몸이 돼버렸다. 힘을 줘도 안 들어가는 아랫배의 한계로 고민하다 권투 체육관에 등록했다.

권투.

신사적이고 원시적인, 무척 매력 있는 운동이다.

맨손으로 허리 아래를 제외한 모든 부위를 타격할 수 있으니 얼마나 젠틀하고 원초적인가.

코치는 항상 말했다.

— 저기 중딩들이랑은 절대 스파링하지 마세요! 개싸움 돼요.

고작 1년 체육관을 다녔지만, 내가 느낀 권투의 매력은 생뚱맞게 줄넘기였다. 줄넘기랑 트레드밀은 정말 열심히 했다. 아무튼…… 1년이 됐을 무렵, 손님인 J 사모님이 제안했다.

— 원장님! 저 10km 단축 마라톤 나가려 하는데 같이 나갈래요? 처음이라 혼자 가기가 좀 그래요.

— 에?! 저 마라톤 한 번도 안 해봤는데……. 될까요? 가족분들은요?

— 아무도 안 한대요. 원장님 요즘 운동도 하시니까 잘 뛰실 것 같은데요. 저도 하는데 뭐 같이해요!

이렇게 첫 10km를 달리게 됐는데,

J 사모님이 메시지를 보냈다.

➜ 원장님, 저 5km 코스로 변경했어요.

➜ 네?! 10km 같이 하기로 하셨잖아요?!

➜ 근데 5km 기념품이 더 좋은 거 같아요. 원장님도 그럼 5km 하세요.

➜ ㅋㅋㅋㅋㅋㅋ 전 그냥 10km 할게요.

2016년 6월 6일, 팀버랜드에서 주최하는 한강변 달리기. 중소 규모의 대회였다.

처음 마라톤 대회장에 와보니 어색하고, 설레고, 쭈뼛거리고 기분이 묘했다. 그날 풀코스가 있었는지는 사실 기억이 잘 나지 않는다. 다만 하프 주자들을 보며 느낀 경외심만큼은 지금도 생생하다.

생전 처음 10km라는 까마득한 거리를 달리게 되니, 페이스고 뭐고 숨만 넘어가지 말자는 생각으로 천천히 앞 사람들을 쫓아갔다. 뛰는 내내 긴장과 설렘으로 '손님들에게 큰 소리쳤으니 1시간 완주만 하자'고 생각했다.

주문처럼 되뇌며 뛰다 보니 금세 반환점.

7km를 지나자 '어라 뛸 만하네'.

아마 53분대로 들어왔던 것 같다.

크게 힘들이지 않고 뛰었다는 욕심에 바로 한 달 후 또 다른 대회에 등록했다. 그리고 오늘까지 달린다.

J 사모님은 그날이 처음이자 마지막 달리기였고, 나는 권투를 그만뒀다.

마라톤으로 이끌어준 J 사모님한테는 지금도 종종 감사 인사를 드린다.

풀코스를 뛰거나 평상시 달릴 때 힘들어지면 항상 줄넘기 리듬을 생각한다.

요즘도 비가 오거나 미세먼지가 심한 날은, 새벽에 불 꺼진 미용실에서 줄넘기를 한다.
달리기는 리듬이다.

11월

스트레칭

2025년 11월 1일, 토요일, 05:21, 영상 10도
10.10km, 5:38/km, 137bpm, 527Cal 소모

늦잠을 자버렸다. 4시 알람을 들었는데, 어제저녁 반주를 좀 세게 한 탓인지 무거운 머리가 일어나길 거부했다.

'어차피 늦은 거 하루 쉴까?'

'잠깐이라도 조깅만 하고 들어올까?!'

비몽사몽 고심하다 시계를 보니 5시!

결국은 나가기로 마음먹고 주섬주섬 채비를 했다.

10km만 가볍게 조깅하고, 늦었으니 홍제천 스트레칭은 생략하고 곧장 돌아오자는 마음으로 출발.

평상시는 아침 운동 후, 한 시간가량을 자고 출근한다.

오늘은 9시 첫 예약인데, 늦잠까지 자버렸으니 운동 후 잘 생각은커녕 마음만 더 조급해지고, 머리는 맑지 않고,

내일 쉴 생각에 오늘은 무조건 뛰어야 한다는 압박감까지……. 아무튼 느린 페이스로 달리니 발걸음만 가볍다.

한강변 따라 편도 5km를 가는데 뒤에서 바짝 붙는 발걸음 소리가 들린다. 곧 나를 앞질러 가겠구나, 하는 순간 추월해 저만치 간다. 쫓아가서 역추월을 해줄까 하다가 그게 무슨 의미가 있나 싶어 페이스 유지.

연이어 계속 추월 추월 추월……. 당했다. 다들 안녕히 가세요, 하는 마음으로 반환해서 돌아왔다.

홍제천 스트레칭

집에서 1.8km 떨어진 홍제천에 철봉이 있는 운동기구 지점이 있다.

돌아오는 길에 항상 그곳에서 20분가량 턱걸이와 간단한 체조를 3세트로, 상체와 하체 스트레칭을 한다. 그리고 남은 거리는 마무리 달리기.

홍제천 스트레칭이 지금껏 부상 없는 달리기의 결과라고 맹신하는 바이다!!

행복에 관한 단상

어린 시절을 생각하면 두 가지 아련한 기억이 초여름 둑길을 따라가며 맡던 아카시아 향기와 논둑 옆 도랑을 따라서 소나무 껍질로 만든 배를 띄우며 친구들과 뛰어놀던 장면. 지금도 눈을 감고 아카시아 향기를 떠올리면 그때의 색채와 재잘거림이 꿈결처럼 아득하게 느껴진다.

마치 프루스트 효과처럼…….

당시 곁에는 항상 정동이가 있었다. 지금도 가까이 있는 나의 49년 지기. 정동이는 뱀을 잘 잡았고 겁이 없었다. 아무리 깊은 물이라도 일단 뛰어내렸고, 상대가 형들이라도 항상 먼저 덤벼들어 코피 범벅이 되곤 했다. 가끔은 무모한 정동이가 안쓰럽기도 모자라 보이기도 했다. 그때가 일곱

살에서 열한 살 무렵이었다. 그런 정동이가 순정 만화를 좋아한다는 것을 스무 살이 넘어 처음 알았다.

유년 시절은 아름다운 추억을 품고 있지만, 행복했는지는 잘 모르겠다. 끝없는 시간이 지루하고 지겹고 하루가 마냥 길기만 했으니까.

중학교는 정말이지 최악이었다. 그때나 지금이나 학교 폭력은 여전한 듯. 매주 토요일은 방과 후 선배들한테 불려가서 맞는 날이었다. 이유도 없이 그냥 맞았다. 2학년, 3학년…….

2년을 두들겨 맞고 나니 고함과 윽박지름, 공갈에 대한 트라우마가 생겼다. 성인이 된 후로도 한동안은 그들을 생각하면 두려움이 앞섰다. 야만의 시절…….

고등학교에 나서야 겨우 폭력으로부터 해방어 기뻤다. 선배도 후배도 없는 학교 분위기가 너무 신기했다. 믿어지지 않았다.

입학 전, 1월~2월 두 달간 신입생들은 사전 보충 수업을 했다. 강릉은 특히나 2월에 눈이 엄청나게 많이 내린다.

그날, 폭설로 보충 수업이 취소된 것도 모르고 등교를 했

다. 우산도 없이 솔밭 눈길에 서 있는데,

— 왜 눈을 맞고 다녀?!

목소리와 함께 눈이 사라졌다.

— 입학생이구나?! 보충 취소할 거면 어제 얘기하든가……. 교감이 원래 그래. 자취? 하숙?? 기숙사???

— 네, 저 자취요…….

— 난 하숙이야, 이제 3학년이고. 춥다 돌아가자.

혜수 형.

내 인생 처음의 선배!

이름은 김혜수인데 얼굴은 이문세를 닮았고, 하숙집이 3분 거리라 야간 자습이 끝나면 자취방에 놀러 와서 기타로「옛사랑」을 불러줬다.

나에게 선배란 항상 주먹으로 발길질로, 의자로 때리는 존재였는데…….

'왜 눈을 맞고 다녀' 하며 우산을 씌어주는, 내게 처음으로 상냥함으로 살아가는 태도를 가르쳐준 선배였다. 고작 두 살 위였는데.

고등학교는 혜수 형의 처음 욕설이 맞았다.

그곳에는 또 다른 폭력이 존재하고 있었다. 성적으로 학생들을 차별하는 암묵적인 학교 분위기.

그들의 SKY가 대한민국 하늘색에 얼마만큼 일조했는지 알기에 씁쓸하다.

유년 시절의 아름다운 기억들은 그렇게 청소년기를 거치며 지워져 갔다.

혜수 형은 건축학과를 갔는데, 나중에 신학교에 다시 갔다. 마지막 통화가 20년 전쯤 어찌어찌 신도림역이었는데, 당시 전도사로 목회를 한다고 했으니 아마 지금은 더 아름다운 사람이 되어 있을 듯.

아멘.

밴댕이 마라토너

JTBC 마라톤 날이다.

출발은 상암 월드컵 공원.

난 신청을 못 했다. 그래서 일부러 오늘 아침 운동을 쉬었다. 운동 갔다가 근처 하늘공원이나 한강변에서 몸 푸는 참가자들 만나면 부러움에 배 아파 미칠 것 같아서. 떠들썩한 출발 전의 분위기도 질투하는 옹졸한 나! 어쩌겠나, 이 사악한 옹졸함을…….

오늘 대회에는 여러 지인이 참가하는데 그중 청식의 결과가 무척 궁금했다.

달리기 천재 청식

청식은 이사 가기 전까지 단골손님이었다. 미용실 바로 앞 아파트에 살아서 출·퇴근하며 잠깐 들르기도 하고 가끔 술도 마시는.

언제부터인지 청식은 마라톤에 관심을 보이더니 어느 날은 혼자 홍제천을 달리고 왔다며 가게에 들렀다.

— 사장님 저 지금 뛰고 왔는데 막상 해보니 힘드네요.

— 오오오!! 청식 씨 혼자 뛴 거예요?? 잘했어요. 점점 익숙해질 거예요. 학교 다닐 때 육상 했었잖아요?!

— 육상부가 아니라 CA 시간에 특별 활동으로 몇 번 뛰어본 게 다예요. 나중에 시간 될 때 같이 뛰어주실 수 있어요?

그렇게 청식은 새벽이나 밤에 꾸준히 달리기 시작했다.

— 이번 주말 아침에 하프 정도 같이 뛰어볼까요?

— 제가 사장님 쫓아갈 수 있을까요?! 그럼 저 신경 쓰지 말고 가시면 제가 최대한 따라가볼게요.

— 적당히 페이스 맞춰서 뛰면 돼요. 그럼 주말에 미용실에서 봐요!

약속한 주말 아침, 청식과 나 그리고 마라톤을 하는 다른 동생과 셋이 22km를 뛰었다. 내가 앞서 달리고 동생이 나랑 비슷하게, 청식은 우리 뒤에 붙어서 달리기 시작.

15km까지 비슷한 페이스로 달렸는데 이후 청식이 내 뒤에 서고 동생이 뒤처지기 시작하더니 18km 무렵은 아예 청식, 나 둘이 달리게 되었다. 22km를 다 뛰고

― 와!! 청식 씨 하프 이상 처음 뛰었는데 뛸 만해요??
― 힘든데, 쫓아는 갈 수 있겠더라고요.
― 정말 잘 뛰는 거예요! 하프 대회 한 번 신청해봐요!
― 네, 저도 해보고 싶어요.

이후, 청식은 마라톤 클럽에 가입하고 클럽에서 열심히 연습하더니, 달리기 시작 1년 만에 풀코스 42.195km를 3시간 안에 들어와버렸다!!
'와! 달리기 천재!!'

2016년부터 달리기를 시작한 나의 풀 최고 기록은 2023년 동아 마라톤 3:11:10이다.

내가 7년간 노력해 세운 기록을 청식은 1년 만에 무려 15분 이상을 단축한 것이다. 심지어 올해는 아식스에서 협찬도 받고 있다 하니, 나와는 이제 다른 차원의 사람이다!

어제 청식과 카톡을 주고받았다.

➜ 잘 지내죠?! 내일 출전하죠?

➜ 안녕하세요! 네, 전 나가요. 사장님은요?

➜ 전 신청 못 했어요. 내년 노려야죠.

➜ (주절주절)

➜ 청식 씨 이야기 한번 쓰고 싶으니까 내일 다치지 말고 기록 갱신해줘요!

➜ 화이팅 해보겠습니다! 놀러갈게요.

2:44:28

오늘 달리기 천재의 기록이다.

청식은 약속대로 또 기록을 갱신했다.

모스 이야기

모스는 문신쟁이다.

내 몸에 있는 문신 중 90%가 모스의 작품이다.

배고픈 일본 유학 시절 중, 유일한 즐거움이 알바비 받는 날 모스버거 먹는 날이었다고 얘기했을 때, 그때는 좀 짠했다. 그 시절을 추억하기 위해서인지, 정말 모스버거를 사랑해서인지, 그는 '모스'라는 이름으로 활동한다.

운동을 좋아하는 모스의 주 종목은 주짓수와 크로스핏이다. 고향이 부산이라 억양이 센데 그래서 재미로 가끔 그의 말투를 흉내 내보기도 한다.

— 행님도 마라톤 안 할랍니까?!

— 그런 허접 운동을 멀라꼬 하나! 남자는 크로스핏이지.

그러더니 작년부터 모스는 허접이 됐다.

운동화부터 모자까지 고가로 풀 장착하더니 요즘은 트레일 러닝용 조끼까지 입고 뛴다. 사람 일은 아무도 모른다.

앞서 말한 청식도 그렇고 모스 역시 시작한 지 약 1년 만에 풀코스를 뛰더니 오늘 두 번째 풀을 뛰었다.

난 3년이 걸렸는데……. 마라톤 아무나 하나 보다.

— 30km만 페이서 해주면 안 되긋나?

— 행님, 난 돈 벌어야지요. 그리고 대회장 가면 부럽고 질투 나서 안 갈래요. 그리고 9시 예약 있어요.

— 빵꾸 나면 저번 그 장소다. 놀러온나!

— 행님 푹 자고 낼 부상 없이 잘 뛰고 오소. 5:00 안으로 절대 들어가면 안 되고, 5:25 밖으로도 절대 나가면 안 돼요! 끝까지 페이스 유지하고 38km 이후에 힘 남으면 쏴도 돼요.

— 잘 뛰었습니까?!

— 안 퍼질라고 페이스 조절 야무지게 했지!

'3:43:06'

— 겁나 잘 뛰었네!!

모스의 첫 풀코스 기록은 4:09:00

오늘 풀코스 목표 기록은 3:45:00

역시 마라톤은 아무나 하나 보다…….

옷차림

2025년 11월 3일, 월요일, 05:44, 영하 1도
14.75km, 5:00/km, 141bpm, 735Cal 소모

올가을 첫 영하의 날씨라 설레는 마음으로 나갔다.

차가운 공기가 기분을 산뜻하게 데워준다.

온도에 따라 옷차림이 정해져 있다.

한여름: 반바지, 상의 탈의.

영상 15도 이상: 민소매, 반바지(여름 빼고는 장갑).

영상 7도~14도: 반팔, 반바지, 장갑.

1도~영상 6도: 긴팔, 반바지, 바람막이, 두꺼운 장갑, 비니.

0도~영하 5도: 긴팔, 긴바지, 바람막이, 두꺼운 장갑, 비니. 이때부터는 겨울용 운동화.

영하 6도~영하 13도: 최대한 껴입고, 스키 장갑 착용.

그리고 영하 14도 이하: 그냥 안 뛴다. 너무 춥다!!

한여름 빼고는 무조건 장갑을 착용한다.

나는 보폭을 짧게 하면서 낮고 빠르게 뛰기 때문에 바닥에 약간의 요철이 있으면, 걸려 넘어진 경험이 많다. 멋이 아닌 보호 차원인데, 가끔 좁밥 행님은 "더운데 장갑은 와 끼노?!"

그러는 본인은 한강 뛰면서 트레일 러닝 자켓은 왜 입는데…….

담배, 미용사 그리고 결혼

단 한 번도 지나간 시간을 그리워한 적이 없다.

그리움이 없으니 미련도 후회도 없다. 항상 지금 이 순간이 좋다. 어제의 즐거웠던 시간도 그립지 않다. 당장 힘들더라도 아무도 모르는 내일은 오니까.

나에게 행복이란 내일의 기다림이다.

인디언 썸머를 기다린다.

지금껏 살면서 참 잘 선택했다고 생각하는 것이 세 가지가 있다.

첫째, 담배를 피우지 않는 것.

둘째, 미용.

셋째, 독신 선택.

열여섯 살에 아버지가 돌아가셨다.

그리고

열여섯 살에 시신을 처음 봤다.

경운기 사고로 객사를 하셨다.

하룻밤이 꼬박 지나서 등에 서리가 하얗게 뒤덮인 아버지를 이른 새벽 내가 처음 발견했다.

아버지 덕분에 우황청심환을 처음 먹었는데……, 교회 목사님이 주셨으니 가짜는 아니었겠지.

돌이켜보면, 놀란 아이를 진정시키는 약발은 기도보다 청심환이 더 효과적이었나 보다. 나중에 누나에게만 얘기해줬다.

— 나 아버지 시신 보고 하나도 안 놀랐어. 그냥 빨리 동네 사람들한테 알려야지, 하는 마음에 달려간 거야.

— 청심환 맛있디?

— 별로야.

아무튼 그때의 청심환 덕택인지 고소공포증을 제외하고는 겁이 없다. 밤 12시 넘어 한강변을 따라 행주산성까지 뛰기도 하니까.

담배

1996년~1998년 스무 살 초반에 2년간 겉멋에 담배를 피웠다. 손가락 끝에서 피어오르는 담배 연기에 에워싸인 소주잔은 얼마나 멋지던지…….

아마 98년 가을이지 싶다. 친구 집에서 둘이 소주를 마시며 담배를 피우는데, 연기에 눈살을 찌푸리던 친구가 한마디했다.

"니는 담배가 안 어울린다. 그냥 술로 쇼부를 봐라!"

그날 이후로 난 담배를 피지 않고, 친구는 여전히 골초다.

미용사

의상을 전공했다.

왜 의상을 선택했는지 사실 잘 모르겠다. 어쩌면 담배와 같은 이유이지 싶다. 고3 수능이 끝나고, 어수선한 분위기 속에 대입 책자를 놓고 보니, 의상학과가 꽤 멋져 보였다. 예쁜 여학생이 많을 거라는 얄팍한 계산도 있었고…….

입학 후 학교생활은 그저 그랬다.

낭만도, 예쁜 학생도 없었고, 그저 술 마실 시간만 넘쳐났다. 어영부영 졸업이 다가오고 있었지만 난 아직 사회에 나갈 준비가 되지 않았다. 사실 준비를 안 했다. 뭘 어떻게 해야 하는지도 몰랐고.

그렇다고 기다려줄 시간도 아니고. 처음으로 심각하게 진로에 대해 고민해봤다. 하지만…… 심각한 고민의 무게에 비해 가볍게 결론이 내려졌다. 동네 미용실에서 일하는 미용사들을 보니 그들의 스타일이 의상학과를 선택한 동기만큼 멋져 보였다. 당시엔 이런 유행어가 한창이었다.

'인생 뭐 있어?!'

일주일 고민한 결과는 "인생 뭐 있어"였고 난 결국 20년째 미용 일을 하고 있다.

물론 대학 생활은 내 인생에서 중요하다. 4년 동안 미싱을 배웠으니까!! 그래서 손바느질도 잘한다.

결혼

결혼에 관해서는 한 번도 진지하게 생각해본 적이 없다. 사실 별로 관심이 없다. 결혼은 그냥 하고 싶은 사람이 하는 거고, 아이는 역시 낳고 싶은 사람이 낳는 거라고 생각한다.

아직 세상을 잘 몰라서인지 결혼까지 하기에는 인생이 너무 짧은 것 같다.

언제인가 친한 친구 수작이 이런 말을 했다.

"결혼하면 배우자가 주는 행복, 아이가 주는 행복이 분명히 있어. 그리고 독신으로 살면 그 나름대로 행복이 있고. 하지만 행복의 무게에 있어서 어느 것이 더 가치 있다고는 절대 비교할 수 없어. 굳이 결혼에 관심 없는 사람이 가정이 주는 행복의 무게를 알 필요는 없다고 나는 생각해. 그냥 하지 마……."

수작은 본인이 지은 호다.

'빼어날 수, 지을 작.'

혹은 '수작질하다'의 수작.

수작은 수작으로 결혼을 한 걸까?!

아무튼, 수작의 수작질에 넘어간 것도 이유 중 하나일 듯…….

가위손

미용 학원 첫 시간, 설레는 마음으로 실습실에 들어갔다. 미용사 자격증 취득이 목적이라 모든 수업은 자격증 시험을 대비해서 진행한다.

가위 잡는 방법과 자세를 자세하게 아주 자세하게 가르쳐 준다.

첫 실습은 신문지 자르기였다. 폭 5cm 정도로 신문지를 길게 오려서 제일 아랫부분부터 2~3cm 간격으로 자르는 것이다.

머리카락을 자르듯이.

투박하고 무거운 원단 가위만 다루다가 작고 날렵한 미용

가위를 만진 순간, 그 섹시함에 매료됐다. 용맹한 중국 장수들의 장검만 보다가 날렵한 사브르 펜싱 검이나 닌자들의 수리검을 본 느낌이랄까.

첫 단을 자르는데 아주 얇은 소리로 사각, 하며 종이가 잘려 나갔다. 묵직하게 원단을 자르는 느낌이 아닌 정말 섬세하고 얇고 얕게 사각, 하며 잘렸다.

순간,

'이게 내 길이다. 신비 가위손!'

그렇게 계시를 확신한 후, 정말 열심히 가위 돌리는 퍼포먼스에 매진했다. 자격증이야 학원 커리큘럼을 따라가다 보면 1년 안에 따겠지, 생각하고 우선은 가위와 한 몸이 되고 싶어 잘 때도 가위를 손에 잡거나 손가락에 걸고 잤다. 자다가 살짝 베이기도 했지만 그런 고집스러움이 결국은 이뤄져 스텝 단계에서 가위 돌리기는 이미 디자이너급이었다.

만약에 '만약'이라는 것이 정말 있어서 다시 무언가를 선택해야 하는 순간이 온다면, 다시 미용을 선택할지는 사실 잘 모르겠다. 분명 자유롭고 재미있고 매력적인 직업이다. 하지만 그 과정 과정들이 너무 지난하고 고되어 망설여진다. 힘들었지만 그 길에서 마주칠 난관들을 몰랐기에 꾸역꾸역 여기까지 20여 년을 왔다. 지금이 그리고 여기가 그 길

의 끝은 아니지만, 최소한 이 길의 시작은 더 이상 없기에
묵묵히 달려간다. 벌써 하프 이상을 달려왔으니.

운동화 이야기

2025년 11월 4일, 화요일, 05:47, 영상 3도
14.07km, 4:49/km, 140bpm, 673Cal 소모

요즘은 카본 운동화가 대세다. 나이키를 시작으로 지금은 거의 아식스가 정점에 있는 듯하다. 가격도 만만치 않다. 내 연습용 운동화 4~5켤레를 살 만큼 비싸다.

예전에 주변 추천으로 써코니를 신어봤다. 나이키보다는 저렴해서.

반발력이 무척 강했다. 내 의지와는 다르게 통통 튀어 나가는 느낌이 재밌기도 하고 불안하기도 했다. 내가 컨트롤한다는 느낌이 아니라 운동화가 나를 앞으로 밀어내는 느낌이랄까. 무엇보다 두꺼운 밑창으로 공중에 떠 있는 느낌이 싫었다. 그래서인지 써코니를 신고 대회에 나간 적은 한 번도 없다. 카본화에 대해 이러쿵저러쿵 할 입장이 못 되는 이

유다.

지금 연습화는 저렴한 나이키를 여름용 겨울용으로 구분해 신고, 대회용으로는 미즈노를 신는다.

하프를 시작한 이후, 단 한 번도 미즈노를 배신한 적이 없다. 미즈노에서 이런 광팬을 알 리가 없겠지.

코로나 이후, 대회에서 나를 제외한 미즈노는 한 명도 못 봤다.

나의 미즈노 무게는 255mm로 한쪽 기준 165g이다. 신으면 무게감을 전혀 느끼지 못하고 지면이 느껴질 정도로 바닥이 얇다. 가장 큰 장점은 접지력이다. 절대 밀리지도, 미끄러지지도 않아서 내 의지대로 달릴 수 있다. 오래 달려도 발바닥이나 발목이 피로하지 않다.

솔직히, 이성적으로, 차분히 생각해보면, 다른 브랜드에 비해 미즈노 자체의 우수성보다는 경험에 의한 신뢰가 더 크긴 하다.

그래서 달리기를 시작하는 손님들이 운동화를 추천해달라고 하면, 이것저것 신어보고 맞는 브랜드를 찾으라고 한다.

— 저 이제부터 조금씩 뛰어서 5km까지 늘이려 하는데 런닝화 뭐 사야 할까요?

— 지금 신은 뉴발 신고 뛰세요.

서당 개보다 못한 시라소니*

달리기 어플에서 알게 된 러너가 같이 한번 뛰어보고 싶다고 연락이 왔다. 흔쾌히 수락하고 함께 하늘공원을 달렸다. 그냥 조깅하는 수준으로 평상시 뛰는 코스들을 주욱 훑었다. 그분은 유명한 마라톤 클럽에서 활동 중인데, 그날 이후, 한 번 더 만나고 대회장에서 마주치면 인사하는 사이다. 최근 어플 기록을 보니 베를린 마라톤도 참가했다. 참으로 대단한 열정이다.

그분이 활동하는 클럽은 스파르타식의 아주 체계적인 훈련으로 유명하다. 서브3 주자들도 많고 주 5일, 새벽 5시에

* 시라소니의 표준어는 스라소니다.

모여서 훈련한다고 들었다.

— 무어님, 우리 클럽에서 같이 운동하실래요?

— 헉, 전 차가 없어서 거기까지 시간 맞춰 못 갑니다. 매번 뛰어갈 수도 없고.

— 제가 새벽마다 들를 테니 제 차로 가세요!

— 아닙니다. 번거롭게 그렇게까지……. 근데 저는 계속 혼자 운동해서 혼자가 편한 거 같아요. 규칙적으로 뭔가를 하는 것도 힘들고요. 그냥 자유로운 지금이 좋아요. 시라소니처럼 혼자 뛰어다닐래요.

시라소니……. 즉흥적으로 뱉은 말이지만 왠지 멋지다고 생각했다. 드라마 「야인 시대」의 낭만 주먹 시라소니 같은, 마라톤계의 고독한 시라소니!!

시라소니가 되어보니, 역시 한계가 있다. 마라톤은 혼자 하는 운동이지만, 혼자 하다 보면 꾸준함이나 체계적인 훈련이 안 되니 기록 향상의 벽을 여실히 느낀다. 그런데도 혼자가 좋으니, 어쩔 수 없이 시라소니로 뛰어야 할 팔자인가 보다.

무이는 나의 드럼 선생님이다(이었었다).

결혼식 며칠 전, 무이는 신랑의 구두를 맞추기 위해 연남동 수제화 가게에 들렀다가 수제화 사장님의 머리 스타일이 마음에 들어 물어보았다고 한다.

— 사장님 머리 어디서 하셨어요?

— 바로 공원 건너편에 무어 헤어라는 미용실이 있습니다. 저는 거기서만 잘라요.

그 말에 바로 예약하고 신랑과 함께 왔다.

— 남자분 커트하시려고요?

— 아니요, 제가 할 건데요!

남자 머리가 마음에 들어서 신부가 머리를 자른다고 하니 조금 당황했다. 그렇게 무이 커플과 친구가 되었다.

무이의 의미는 장자의 무위(인위로 하지 않고 그러한 대로 두다)에서 시작됐고, 음은 한자는 유일무이의 무이(無二), 알파벳 무이비엔에 무이(muy)라고 장황하게 설명해줬는데, 잘 모르겠고 암튼 '무이'라고 부른다.

본인의 팀은 해체하고 지금은 객원 드러머로 활동 중이다.

어느 날 커트 후 급히 레슨을 가야 한다기에

— 레슨을 받아요? 아님 레슨을 해주는 거예요?

　― 레슨 해주죠, 연습실에서.

　― 음악 하는 친구들요?

　― 아니 그냥 일반인들, 꼬맹이도 있고.

　― 나도 해볼까?!

　― 무어 한다면 나야 좋지.

　5년 두들겨보면 뭔가 답이 나오지 않을까 하는 가벼운 생각으로 바로 전자 드럼 세트를 사서 미용실 한 쪽에 세팅을 했다. 뭐든 초짜가 겁이 없다고 처음엔 열심히 아주 열심히 배우다 1년이 지나고 2년이 지나고 3년이 지나자, 달리기보다 더 거대한 벽이 점점 크게 생기더니 벽의 크기에 반비례로 흥미를 잃어갔다. 특히나 드럼은 합주를 위한 악기이기에 혼자 연주하자니 마라톤보다 더 고독했다. 처음 호언 장담 때문에 뭐라 발을 뺄 구실도 없던 찰나, 아주아주 기쁜 소식을 들었다.

　무이의 임신!!!

　무이의 배가 불러 갈수록 나의 기쁨도 배의 크기에 비례해 커졌다.

　― 무어, 나 애기 낳으러 가야 하니 레슨 한 달만 쉴까요?

　― 걱정 말고 순산하고 천천히 와요. 애 키워야지 무슨 한

달이야. 몸조리도 해야 하니 천천히 합시다.

— 그럼 다시 할 때까지 숙제를 줘야 하나.

‘XX....’

무이는 순산했고, 노산인데 회복은 왜 그리 빠른지 내가 점점 조급해졌다. ‘어떻게 하지, 무이 성격이면 바로 다음 주라도 시작하자 할 텐데.’

고민에 고민을 거듭하다 정공법을 선택했다.

‘드럼을 팔자!!!

마침 드럼에 관심을 보이는 손님이 있어서 구매 가격의 반값도 안 되게, 시세의 5분의1 가격에(코로나로 구매가가 2배 상승) 바로 가져가라고 했다.

— 무어 나 다음 주에 애기 데리고 커트하러 갈게요.

— 백일도 안 된 애를 데리고 무슨 외출이에요?!

— 괜찮아요, 몇 번 데리고 나갔는데 뭐!

‘아 XX....... 이렇게 빨리 올 줄이야.’

예약한 날.

— 드럼 어디 갔어?!

— ....

― 드럼 어디 갔어??!!

― …….

― 팔았구나…….

매도 먼저 맞는 게 낫고, 3년 넘게 드럼을 배우고 내린 결론은, 역시 나는 서당 개보다 못하구나.

무이의 허탈한 웃음은 지금도 조금 짠하다.

팀 무어

2025년 11월 7일, 금요일, 04:34, 영상 8도
15.13km, 5:13/km, 147bpm, 781Cal 소모

한때 급조한 달리기 모임이 있었다.

이름은 '팀 무어'.

시작부터 창대했다. 팀 닥터와 팀의 마크도 있었으니.

멤버는 나와 팀원 두 명 그리고 물리치료사 한 명.

정기적으로 훈련은 안 했지만 처음 몇 주간은 스케줄 맞는 사람끼리 같이 달렸다.

팀원 두 명은 트레일 러닝을 하며 100km 울트라 마라톤에 종종 출전하기도 했다.

항상 팀원들에게 잔소리를 했다. 기본 로드 마라톤에 충실하라고. 42.195km도 만족스러운 결과가 안 나오면서 무

슨 울트라를 하고 산을 뛰냐고.

그들의 대답에 더 짜증이 났다.

"트레일도 힘들어요."

힘들겠지. 힘들지 않은 달리기가 어디 있겠나.

하지만 그들이 트레일에 집중하는 이유를 알기에 더욱더 짜증이 났다. 짧은 시간(?)에 결과를 내야 하는 로드 마라톤에 자신이 없어서 상대적으로 장시간을 요하고 마니아들만 모인 트레일, 울트라 마라톤은 비교 대상이 적으니까.

아무튼 그들은 산으로 들로 전국 각지를 돌아다니며 50km, 100km를 완주도 하고 중도 포기도 하며 달리더니 급기야 한 명은 미국도 다녀왔다.

그 열정에는 진심으로 박수를 보내지만, 열정에 비해 결과는 항상 제자리걸음이다.

그렇게 또 나는 잔소리, 그들은 귓등으로 흘리기.

사람이 귀가 두 개인 이유는 한 귀로 듣고 한 귀로 흘려보내라는 조물주의 뜻이다.

내 잔소리의 영향인지, 트레일 러닝의 매력인지, 서서히 '팀 무어'는 사라졌고 그들은 여전히 산으로 들로 뛰어다니고 있다. 이제 나는 똑같은 잔소리를 두 번씩 한다. 그리고 팀 닥터는 오롯이 내게 집중하고 있다. 문제는 하나 남은 팀 닥터가 허약하다는 것!

그리움 하나

➜ (무어) 2017년 3월 5일 오후 12:31.

안녕하세요~~

제주에는 유채가 피었나요??

서울에는 봄이 더디게 오네요, ㅜㅜ

➜ (박 화백) 2017년 3월 6일 오전 10:39.

안녕하세요, 잘 지내셨죠~. 말씀드리려니 번잡해서. 어제 보내려다 늦어졌습니다.

이사하고 사정이 생겨서 지방 언니 집에 좀 머물고 있습니다.

시간의 성은 제 생각대로 쌓이질 않네요.

제주 바람이 저도 그리운 요즘. 제주에 안착하게 되면 꼭 뵙게 되길, 손꼽아 기다린다는 말씀으로 마무리 인사드립니다. 건강하세요~~.

➜ (박 화백) 2017년 3월 6일 오전 10:40.

답장을 쓰려니 무어를 찾아가던 그 길들과 공기, 하늘의 표정이 떠오릅니다.

무심히 툭 하니 무어의 깃발, 면천에 쓰인 그 간결한 필체가 공기 중에서 살아납니다.

열린 창틀에 감싸인 유리문 안으로 들어설 때, 어쩌면 나무 둥치 아래로 아래로 깊숙이 빨려 들어가 맞닿은 시공간의 문처럼 우리는, 우리 각자에게 부여된 각자의 문을 열었던 건 아니었을까…….

떠나보니 무어의 가치를 더 잘 알게 됩니다. 그립네요, 잘 지내시다 봬요~~

위 문자 내용은 2017년 6월 25일 고인이 되신 박태이 화가님과 마지막으로 주고받은 문자다.

그해 6월 화가님의 지인으로부터 또 다른 문자가 왔다.

➜ 그림 그리는 태이 기억하시죠? 작년부터 암투병하다 어제 아침 하늘나라로 갔습니다. 지금 장례식장인데, 태이

친구들이 무어 사장님 얘기하길래 아무래도 알려드려야 할
듯해서 문자드립니다.

　한 번도 내색하지 않으셨고, 전혀 눈치채지 못했다. 대부
분의 가난한 예술가가 그러듯 그저 생활이 조금 빠듯하고
좀 더 한적한 작업 환경을 원해 고향인 제주로 내려가신 줄
알았다.
　가끔 오갔던 일상적인 안부 문자 외에는 아무것도 없었
다. 투병 중인 줄 알았던들 뻔한 위로 한마디 외에 무엇을
할 수 있었을까.
　하지만, 슬픔보다 먼저 밀려들었던 섭섭함은 또 무엇이었
을까…….

　가게 한편에 세워둔 그분의 그림을 볼 때마다 그림 속 제
주에서 여전히 무언가를 스케치하고 있을 그분을 그리워한
다.

　고(故) 화가님의 명복을 빕니다.

트리를 위하여

2025년 11월 10일, 월요일, 08:50, 영상 6도
10.07km, 4:45/km, 149bpm, 502Cal 소모

월요일이 휴무일이다. 보통은 느긋하게 장거리를 달리는데 오늘은 괜스레 마음이 바쁘다. 달리는 중에 오늘 할 일들을 정리해본다. 집 청소, 가게 청소, 크리스마스트리 만들기……

아무런 약속 없이 새벽 운동 후 집과 가게 청소를 끝내고 산뜻한 기분으로 돼지국밥에 한라산을 곁들여 늦은 아침 겸 점심을 먹는 것이, 제일 좋아하는 평범한 월요일 일정인데. 오늘은 그 마지막 코스가 미뤄지게 생겼다. 크리스마스 크리스마스!!

매년 11월 24일에 트리를 설치하고, 12월 26일, 미용실 영업 시작 전, 철거했다. 크리스마스가 지났음에도 트리가

있는 건 용납할 수가 없다. 단 하루라도!!

주변 상가 중에는 보통 내가 제일 먼저 설치하고 철거하는데, 이미 몇 곳에 설치된 트리를 본 터라 더 이상 지체할 수가 없어서 오늘따라 마음이 더 부산스럽다.

장거리는 일찌감치 접었기에 바쁜 마음으로 10km를 종종거리다 돌아왔다.

메리 트리마스

부친이 돌아가시기 전까지는 12월마다 부친과 나는 2인조 벌목꾼처럼 예쁜 구상나무를 찾아 뒷산을 헤매고 다녔다. 집성촌이기도 하지만 마을 주민의 반 이상이 개신교인이라 시골 마을에서 보기 드물게 경쟁적으로 크리스마스 트리를 만들었다. 하여 모친의 성화에 부친과 나는 키우던 발바리와 함께 한가한 토요일을 골라 산에 올랐다. 우리가 적당한 나무를 베어 오면, 모친이 읍내에서 사 오신 싸구려 크리스마스 꼬마전구와 반짝이로 트리를 만들었다. 마지막으로 하얀 탈지면을 뜯어서 가지에 쌓인 눈을 표현하면 완벽하게 마무리된다.

밤에 잠들기 전, 마루에서 밤새 반짝이는 꼬마전구 불빛에 얼마나 설렜던가.

지금 생각해보면 연례행사인 트리 만들기는 모친의 신앙의 깊이보다는 옆집과의 경쟁 심리가 더 컸던 것 같다. 안타깝게도 내게 산타는 단 한 번도 오지 않았지만.

신앙의 깊이로 봤을 때, 부친은 가능성이 좀 낮지만, 그래도 모친은 천국에 가셨을 것 같다는 생각을 가끔 한다. 모친의 새벽 예배를 매일 따라다녔던 발바리는 천국에 갔을까…….

단상 1

2025년 11월 11일, 화요일, 18:45, 영상 11도
12.06km, 4:36/km, 148bpm, 590Cal 소모

오랜만에 저녁 달리기를 했다. 홍제천과 한강에는 이미 퇴근 후 달리러 온 사람들이 제법 있었다. 다시 한번 달리기 열풍을 실감한다. 코로나 이전에는 한강변에서 만나는 사람들 대다수가 산책이나 소풍을 즐기는 부류였다. 어쩌다 달리는 사람을 보면 반가와서 목례를 하거나 손을 흔들어주고 지나쳤을 정도다. 그러나 러닝 크루 열풍에 달아오른 요즘은 여럿이 무리 지어 달리는 모습이 더 익숙하다. 옷차림도 화려하다. 고글에 에어팟이나 헤드셋, 다채로운 운동화들.

오늘은 생각보다 몸이 가벼워서 제법 빠른 속도로 12km

를 뛰고, 스트레칭 후 좀 더 빠르게 (4:23/km) 2km를 뛰어 마무리했다.

길 위에서 배운다

거창하게 들릴지 모르나 길 위에 배움이 있었다. 그때 배운 두 가지는 지금도 내가 달리는 요령의 전부라 할 수 있다.

그날 오후도 한강을 혼자 달리고 있었다.

— 안녕하세요?! 혼자 뛰어요?

— 네, 안녕하세요! 혼잡니다. 선생님도 혼자시네요?

— 같이 잠깐 뛰어도 돼요?

— 네, 좋습니다!

가끔 연배 있는 마라토너들은 초보자가 귀엽게 보이는지 옆에 오셔서 말을 거신다. 그분도 50대 후반이나 60대 초반

같았는데, 복장만 보면 전형적인 마라토너였다.

― 그래 오늘은 얼마나 뛰어요?

― 15km 정도 뛰려고요. 선생님은요?

― 난 어제 풀 뛰어서 몸이나 좀 풀려고. 나도 15km 정도만 뛰려고 하는데 뭐 같이 조깅이나 합시다.

항상 이런 식이다.

― 어제 풀 뛰시고 오늘 또 뛰세요?

― 몸은 풀어줘야 하니 가볍게 조깅하는 거지 뭐. 풀 기록은 얼마예요?

항상 돌직구.

― 전 3시간 40분대인데 3:30 안에만 들어가면 좋겠어요. 선생님은요?

― 나야 뭐……. 2시간 50분대.

― 예에?!

― 주로 한강 뛰어요?

― 네, 저는 일주일에 3~4번 홍제천에서 한강으로 혼자 뜁니다.

― 이게, 맨날 평지 뛰어봐야 운동화 밑창이나 닳지, 소용이 없어요. 이제부터는 언덕을 뛰어요. 그리고 계단 뛰기 하

고. 어차피 15km 채워야 하니 하늘공원으로 가봅시다.

이렇게 무어의 하늘공원 언덕 달리기가 시작됐다.

그 후, 어느 해 춘천 마라톤이 열리는 주, 평일 새벽에 역시 혼자 하늘공원을 달리고 있는데, 뒤에서 탁탁탁 누가 쫓아온다.

— 안녕하세요? 혼자 달리세요?

항상 이런 식이다.

이번엔 나랑 비슷한 연배.

— 안녕하세요! 네~ 혼자세요?

— 아니요, 전 동호회 사람들 도착 전에 먼저 몸 풀고 있어요. 춘천 나가세요?

역시 돌직구.

— 아니요. 저는 다음 주 JTBC 나갑니다. 춘천이세요?

— 네, 저는 춘천인데 이번에 첫 풀이에요.

(뭐야 초보잖아!)

— 첫 풀이면 목표 기록은요?

— 일단 서브 쓰리가 목표예요!

— 네에?! 준비 엄청 열심히 하셨나 봐요?

— 저는 자전거를 10년 이상 탔는데, 마라톤 한번 해보고

싶어서 하프 두 번 뛰어봤어요.

— 기록은요?

— 한 시간 20분 언더요.

— 네에??!!! 충분히 서브 쓰리 하시겠네요.

— 기대는 하고 있는데 해봐야죠. 처음 뵙는데 제가 팁 하나 드려도 될까요?

— 아, 그럼요!

— 언덕을 뛰실 때, 평지 속도 그대로 뛰어 올라가세요. 올라가서 쉰다는 느낌으로. 어차피 곧 내리막이잖아요. 제가 자전거 탈 때도 그랬는데 도움이 많이 됐어요.

뭔가 남들에게 측은지심을 부르는 모습으로 나는 달리나 보다.

길 위에서 귀인을 두 분 만났다.

달리기는 딱 두 가지가 중요하다.

거리 늘리기와 언덕 뛰기.

지금도 대회에서 달리다 보면 비슷한 시간대의 주자들보다 언덕에서는 월등히 빠르다. 그리고 평지에서 따라잡힌다.

참으로 평등한 달리기.

단상 2

2025년 11월 16일, 일요일, 04:57, 영상 4도
20.22km, 5:05/km, 140bpm, 1011Cal 소모

기온에 비해 포근한 새벽이다.

술잔은 무어를 춤추게 한다고 며칠을 빈둥거리다 5일 만에 나왔다. 노을공원 정상의 적막한 숲길이 그간 생활의 고민들로 어수선해진 마음을 가라앉히고 편안함마저 느끼게 한다. 달리기가 주는 명상 효과가 아닌가 싶다. 해가 뜨면 다시 오늘의 일상에, 어제의 내가 있겠지만 그래도 새로운 오늘을 살아가는 기운을 얻는다.

짐승의 호흡으로 닌자처럼 달리기

애니메이션 「귀멸의 칼날」 시리즈를 며칠 동안 몰아서 보았다. 여러 캐릭터 중 단순하고 저돌적인 이노스케가 무척이나 매력적으로 느껴졌다. "저돌맹진! 저돌맹진!" 하며 달려드는 소리가 지금도 귓가에 맴돈다.

평상시 달리기할 때 특별한 계획이나 기술적 요인을 따지지 않는다. 체계적으로 배운 적도 없지만.

요즘은 심박수에 따라 운동 강도를 구분한 존(zone)의 개념을 많이 따지는 듯하다. 얼마 전 달리기를 처음 시작한 친구가 존2에서의 심박을 물어보길래 그게 뭐냐고 되물었다. 무식하게 들리겠지만, 친구에게는 "그딴 거 무시하고 그냥 뛰어. 숨만 안 넘어가면 돼.”

이렇게 말해줬다.

달리는 방식은 개인에 따라 다르다. 누군가는 체계적으로, 또 누군가는 나처럼 이노스케 방식으로 달릴 테니, 정해진 답은 없다.

새벽 달리기를 시작하기 전, 가끔 홍제천을 함께 뛰던 캐나다인 친구 그렉이 있다. 키가 2미터에 가까운 그렉은 긴 다리로 성큼성큼 달린다. 반면 단신인 내가 그렉을 페이서*해주려면 짧은 다리로 부지런히 케이던스**를 올려야 했다.

그때 그렉이 내게 “무어, 너는 닌자처럼 뛰는구나”라고 했다.

평상시는 전혀 의식하지 못했는데, 그의 말을 듣고 보니 다른 이들에 비해 발소리가 거의 들리지 않았다.

좁은 보폭으로 가볍고 빠르게.

닌자처럼 달리는 방식이 지금 내 주법이다.

* 목표 기록 달성을 돕기 위해 일정 속도(페이스)를 유지하며 다른 러너들과 함께 달리는 사람.
** 1분 동안 발이 지면에 닿는 총횟수(SPM: Steps Per Minute)를 의미하며, 러닝 리듬과 효율성을 결정하는 중요한 지표이다. 일반적으로 170~180 SPM 이상이 권장되며, 높은 케이던스는 무릎과 엉덩이 관절의 부상 위험을 줄이고 에너지 효율을 높이는 데 도움을 준다.

꾀부리고 싶은 날은 계단으로

2025년 11월 17일, 월요일, 05:16, 영상 1도
14.32km, 5:23/km, 133bpm, 707Cal 소모

체감 온도가 영하 3도라 해서 망설이다 바람막이를 입었
는데, 잘한 선택이었다. 예상치 못한 바람이 차고 매섭다.

휴일이라 느긋하기도 해서 계단 뛰기나 해야지, 하고 난
지 캠핑장으로 곧장 달렸다. 노을공원 정상까지 올라가는
계단은 총 592개다. 꾀부리고 싶은 날은 주로 계단을 뛴다.
계단은 어차피 힘드니까 쉬엄쉬엄 올라가는 행위만으로도
뭔가 스스로에게 면죄부를 주는 느낌이 든다. 하지만 막상
시작하면 꾀가 아닌 특훈이나 다름없다. 숨도 턱밑까지 차
고, 허벅지도 너무 고통스럽다. 하지만 마지막 계단까지 멈
추지 않고 오기를 발동하여 올라가면, 오늘치 운동을 모두
마친 성취감이 굉장하다. 그러고 나서 숨 고를 틈 없이 정상

평지를 달리면 그제야 숨이 터지고 근육도 풀린다. 숨이 넘어갈 만큼 극한으로 몰아붙여야 달리기 숨이 터진다니, 참 아이러니하다.

살아가는 일도 이런 달리기와 비슷하지 않나 싶다. 요령은 없다. 묵묵히 맹진맹진, 저돌맹진. 이 길 끝에 뭔가는 있겠지, 하는 마음으로 살아갈 뿐.

올가을 들어서 처음으로 계단을 뛰었더니 하루종일 종아리랑 위 허벅지 근육이 당겼다. 편한 것만 찾은 편식 달리기의 결과물이다.

평지, 언덕, 계단. 골고루 균형 있는 달리기 식단을 실천하기를! 삶에 지름길이 없듯이.

고라니와 벌침

2025년 11월 20일, 목요일, 04:49, 영상 3도
20.09km, 4:54/km, 146bpm, 1003Cal 소모

적당한 쌀쌀함에 잠도 달아나고 달리기 좋다.

노을공원 서쪽 언덕을 올라가고 있는데 갑자기 전방에서 고라니가 나타나 길을 가로질러 숲으로 들어가는 게 아닌가. 고라니는 자주 보던 터라 웬만한 소리에도 별로 놀라지 않는데, 녀석은 고라니치고는 굼뜨고 너무 뚱뚱했다.

순간 멧돼지인가 했다가, '도심 공원에 무슨 멧돼지야' 하고 언덕길에 집중했다. 하지만, 원래 의심이란 한 번 하기 시작하면 끝이 없는 법. 혹시나 쫓아올까 계속 뒤를 돌아보며 불안정하게 뛰기 시작했다. 급기야는 "으하아, 하아, 으흐으~" 하며 멧돼지 같은 고라니 들으라고 이노스케처럼 거친 숨소리를 내며 달렸다. 이른 시간이라 다행이지, 누가

들었으면 변태나 미친놈이라 했을 듯. 아무튼 그렇게 반대편 내리막길 관리 사무실 앞까지 이상한 호흡으로 뛰어내려왔다.

고라니를 보고 나니 여름이 생각난다.

8월 어느 평일 오후, 너무 더워 상의 탈의를 하고 한강을 달리고 있는데, 앞에서 큰 파리만 한 날벌레가 날아오더니 왼쪽 가슴 아래 옆구리에 부딪혔다.

"아앗!" 하고 바늘에 찔린 듯 따끔하더니 바로 찌릿찌릿한 통증이 옆구리를 중심으로 퍼져 나가면서 아프기 시작했다.

이미 5km를 지나서 다시 돌아가도 그만큼 거슬러 가야 하니 통증을 참으며 그냥 뛰었다. 몇 분 지나자 통증이 가라앉길래 10km에서 턴 하고 집으로 왔다.

거울을 보니 물렸는지 찔렸는지 빨갛게 부풀어 있었다. 샤워하고 나오니 더 부은 것 같았다. 그러더니 이내 주변이 딱딱해졌다. 뭐 별거 있겠어, 하는 마음에 벌레 전용 연고를 바르고 그냥 방치했다.

일주일 후, 남매처럼 가까운 손님인 보라가 염색하러 왔다.

— 보라야, 나 뛰다가 벌에 쏘였다.

― 어메, 오빠 병원 갔어?

― 안 갔는디.

― 어메, 오빠 그거 큰일나브러. 쇼크 와 쇼크!

보라는 광주가 고향이다.

― 야, 쇼크 왔으면 벌에 쏘였을 때 벌써 왔지, 지금까지 멀쩡한데!

― 아녀 오빠! 벌침은? 벌침은 뺐어?

― 안 뺐는디.

― 오빠 그거 빼야 돼. 이 벌침이란 것이 보기에는 침처럼 한 가닥 같은디, 이거시 끝이 셋으로 갈라져 있어. 그래서 그냥 빼면 안 되고 저 머시냐, 그 신용카드로 밀어서 빼야 돼. 안 그르믄 잘못 빼다가는 그 독주머니를 건드려서 큰일나브러! 우린 그렇게 배웠어!

보라는 원래 하던 일을 그만두고 한창 간호조무사 실습 중이었다.

― 나 어렸을 때 벌에 많이 쏘였는데 한 번도 벌침 뺀 적 없는데……. 그리고 남자들 일부러 벌침 맞기도 하잖아?

― 그건 모르겠고, 오빠 그거 빼야 돼. 이따가 얼른 병원 가봐.

― 그럼 안 빼면 어떻게 되는데??

— 안 빼믄?? 내가 아직 거기까지는 안 배웠는디. 그런 말은 안 하든디…….

보라를 보내고, 혹시나 하는 마음에 신용카드 두 장으로 양쪽에서 밀어냈더니 진물만 좀 나오고 더 빨갛게 부었다. 혹시나 하는 마음으로 피부과에 갔다.

— 벌에 쏘였다고요? 얼마나 됐어요?

— 일주일 전이었는데 그냥 연고만 바르고 있었어요.

— 무슨 연고요?

— 전에 벌레 물린 데 바르라고 처방해주신 거요.

— 아~ 근데 여기 왜 이렇게 빨갛지?

— 제가 병원 오기 전에 벌침 뺀다고 신용카드로 밀어냈어요.

의사가 돋보기 같은 거로 상처를 보며 말한다.

— 벌침은 없고 그냥 그 연고만 꾸준히 바르시면 돼요. 안 오셔도 됐는데.

— 네, 저도 굳이 올 생각은 없었는데, 주변에서 너무 겁을 줘서요…….

흉터는 아직도 있다.

하루키처럼, 그리고 뇌를 속여라!

『달리기를 말할 때 내가 하고 싶은 이야기』

달리기의 입문서 같은 책이다. 하루키를 좋아하여 그의 책은 대부분 다 읽었는데, 이 책을 본 순간 마치 보물을 발견한 느낌이었다. 최소 세 번은 읽은 듯하다.

하루키는 나의 달리기 스승이자 경쟁 상대였다. 음악을 들으며 달리던 시절에는 하루키가 달릴 때 듣던 음악만 들었고, 달리는 패턴도 가능하면 그의 패턴을 따르려고 했다. 요즘도 여행을 가면 국내든, 해외든 아침에 꼭 조깅을 한다. 도쿄, 나고야, 방콕, 치앙마이, 푸켓, 나트랑, 다낭, 파리……. 달리기를 시작한 이후로는 어디서든 달렸고, 달리다 힘들 때면

'하루키라면 어떻게 이겨냈을까?' 하는 생각으로 달렸다.

『본 투 런(Born to Run)』

땅 위에서 땅과 함께 달리면 영원히 달릴 수 있다……. 라라무리.*

달리기 2년 차, 무식하면 용감하다고 고작 하프 두 번 뛰고 스트레칭도 게을리하면서 풀을 뛰겠다고 나서 반포대교를 턴 하고 돌아오다 30km 지나면서 무릎에 이상이 생겼다. 걷지 못할 정도라서 멈추고 말았다. 장경인대에 손상이 갔는데, 당시에는 그런 인대가 있는 줄도 몰랐다. 절뚝거리며 겨우 집에 도착하여 병원에 갔더니 "뛰면 안 됩니다"고 한다.

한 달을 쉬고 조깅을 했더니 1km를 못 가서 다시 통증.

또 한 달을 쉬고 나갔더니 3km 지나서 통증.

신청한 하프, 풀 모두 못 나갔다.

우울해질 만큼 달리기를 좋아한다는 걸 그제야 알았다.

---

* 달리는 사람들이라는 타라우마라 부족의 말.

그때 친구 포도당이 추천해준 책이 『본 투 런』이다(포도당 애기는 나중에 다시 하기로).

이 책은 멕시코 원시 부족인 타라우마라 사람들의 달리기를 배경으로 하는 울트라 마라톤 이야기다. 책에 등장하는 모든 인물은 실존하는 사람들이다. 요약하면 타라우마라 부족을 찾아가는 여정과 달리기에 미친 사람들이 가장 위험한 멕시코 산악 협곡을 달리는 울트라 마라톤 이야기가 메인 줄기다. 실제로 이 대회는 여전히 매년 열리고 있다.

부상으로 우울했던 시기를 『본 투 런』을 읽으며 대리 만족했다. 그런데, 어느 날. 책장을 덮는 순간, 가슴 깊은 곳에서 뛰고 싶다는 욕구가 너무나도 강렬하게 이는 것 아닌가.

일단 나가보자!

조금 쌀쌀한 가을밤이었다. 한강변을 따라 7km를 달렸을 무렵이었다. 고양시 경계를 넘자마자 무릎 통증이 오기 시작했다. 순간, '본 투 런의 미친 인간들처럼 달려보자. 나도 뇌를 속여서 내 몸이 이상 없음을 보여주겠어!' 하는 마음으로 속도를 더 높였다.

처음으로 km당 5분 이내의 속도로 뛰었는데, 정말 미친 건지, 뇌가 속은 건지 무릎이 아프지 않았다. 그날 20km를 뛰고 완전히 회복했다. 모든 건 마음가짐이다. 숨이 턱에 차고 다리가 무거워지면 우리 뇌에서 몸을 보호하기 위한 명령이 내려온다.

'너 더 이상 뛰면 큰일 난다. 죽을 수 있으니까 그만 멈추도록 해.'

이때 우리는 자연스럽게 운동 강도를 낮추거나 멈추게 된다. 뇌가 몸을 보호하기 위한 본능이다. 하지만 이때, 뇌의 명령을 무시하고 운동을 지속하게 되면 뇌는 '어라 애 괜찮네' 하고 속아서 다음 역치가 시작되기 전까지는 평상시 상태가 된다.

아무튼 그날 이후 내 페이스는 4분대로 들어갔다. 부상 이후 6개월이 걸렸지만.

『잇 앤 런(Eat and Run)』

하루키의 『달리기를 말할 때 내가 하고 싶은 이야기』가 입문서라면 『본 투 런』은 고급 과정이고 『잇 앤 런』은 심화 과정이다.

『잇 앤 런』은 『본 투 런』에 등장하는 울트라 마라톤 대회에서 우승한 사람이 쓴 책으로, 역시 울트라 마라톤에 관한 이야기다. 하지만 흥미로운 점은 작가가 육식에서 완전한 채식으로 바뀌는 과정과 각 챕터에 육식을 대체하는—그가 개발한— 요리 레시피가 자세하게 나온다는 점이다.

대회 전날, 엄지발가락이 골절됐음에도 아이스크림 막대기로 발가락에 부목을 대고, 배관 테이프를 칭칭 감고 코스를 완주하는 모습, 차량이 없는 탓에 이동이 어려워지자 전날 밤 40km를 달려 대회장에 미리 도착하여 노숙한 뒤 다음 날 아침 대회에 참가하는 모습 등을 보면 인간에게서 볼 수 있는 '미친 한계'는 어디까지인가, 궁금증이 절로 일어난다.

일상이 무료하거나, 무기력해지거나, 스스로가 하찮게 느껴질 때, 그리고 힘들게 달릴 때, 나는 언제나 『잇 앤 런』의 장면 장면을, 등장인물 한 사람 한 사람을 떠올린다.

누구에게든 자신 있게 권하고 싶은 책들이다.

포도당

포도당은 단골손님이었는데, 나이도 동갑이고 마음도 잘 맞고 해서 친구가 됐다.

　친구가 되기 전, 어느 날 미용실에서 술자리가 있었다. 포도당이 집에서 포도를 몇 송이 가져왔다.

　—디자이너님, 마라톤 하시니까 포도당 많이 드세요.

　—에?! 그 포도당은 다른 거 아니에요??

　—포도에 당 있으면 그게 포도당이죠!! 많이 드세요.

　틀린 말은 아니라서 뭐라 반박하기도 안 하기도 애매했다. 그날부터 나는 그녀를 포도당이라 부르고 있다.

치앙마이 이야기

2025년 11월 23일, 일요일, 05:10, 영상 6도
15.01km, 4:49/km, 147bpm, 759Cal 소모

기온에 비해 포근해서 비니가 답답하게 느껴졌다.

첫 예약이 오전 9시라, 가볍게 한강변 10km만 달리려고 나갔는데, 아무 생각 없이 공원길로 들어선 바람에 중간에 끊기도 뭐하고 해서 그냥 한 바퀴 돌았다. 예전부터 가끔 들었던 생각인데, 공원을 한 바퀴 돌면 구조가 태국 치앙마이 구도심 둘레길과 비슷한 듯 여겨진다.

하늘, 노을공원을 조감하여 보면 부드러운 사다리꼴 모형에 둘레가 5.5km다. 반면, 치앙마이 구도심은 해자에 둘러싸인 거의 완벽한 정사각형이다. 해자 바깥길로 한 바퀴 돌면 한 변이 약 1.6km이니 총 6.4km를 달리는 셈이다. 처음 치앙마이에서 조깅할 때, '어라, 여기 하늘공원이랑 비슷한

구조네' 하고 생각했다.

　2002년, 20대에 떠난 첫 배낭 여행지가 태국이었다. 월드컵 4강을 등에 업고 3주간 방콕을 중심으로 코사무이, 아유타야를 계획도 없이 떠돌아다니다가 치앙마이에 한 번 갔는데 피곤한 기억만 남아 있다. 1박 3일 산악 트레킹 코스였다. 왕복 운행하는 야간 버스에서 에어컨 추위에 떨었던 기억, 코끼리 잠깐 타고, 뗏목 래프팅(진짜 대나무 뗏목) 후 산속 천막에서 30명 가까이 혼숙했던, 아주 피곤한 기억뿐이다. 그런데 그날 밤, 그 산속에서, 정말 예의라고는 모르는 이스라엘 녀석들 팀과 그날 급조된 한국인 여행객 팀 간의 다툼이 있었다. 거의 폭력 사태 직전까지 갔는데, 숫자는 적었으나 붉은 악마의 기운으로 뭉친 우리가 유대인 무리의 기세를 눌렀다. 역시 한국인들은 공동의 적 앞에서는 천하무적이다. 덕분에 우리 팀에 있던 프랑스 커플도 역력히 안도하는 게 느껴졌다.

　갓 제대한 혼성 10여 명의 이스라엘 친구들에 맞서 50대 후반 아저씨 한 분, 30대 초반 형님 둘, 그리고 나 포함 20대 중반 둘 이렇게 한국 남자 다섯 명이 산속의 평화를 지켰다.

사실은 소등 후 너무 시끄럽게 해서 우리 팀이 주의를 몇 번이나 줬는데 잠깐 조용하는 척하다가 이내 다시 킥킥거리며 자기네 언어와 영어로 조롱하는 바람에 우리가 한국말로 "저 XX들 패자" 하고 다 같이 일어났다.

바로 상황 끝!! 그때 스쳤던 그들도 이제는 성인이 되었을 텐데, 언제까지 팔레스타인을 괴롭힐 것인지, 참 답이 없는 족속이다.

그 여행으로 방콕을 무척 좋아하게 됐는데, 치앙마이 예찬론자인 단골 서현 님의(남편분이 종종 서현 님이라 부르길래 장난으로 나도 가끔 그렇게 부른다) 추천으로 지난봄 치앙마이에 다시 갔다.

다음은 치앙마이 한 달 살기를 하러 간 서현 님이 해준 이야기다.

"혼자 밤에 치앙마이 공항에 도착해서 택시를 잡고 예약한 숙소로 출발했는데, 택시가 이동 중 도로 한가운데 멈췄어요. 전기 택시라 택시 기사도 당황하고 저도 당황하고 무섭기도 했는데, 그때 주변에 있던 사람들이 우루루 몰려들더니 택시를 들어서 갓길로 옮기는 거예요. 택시 기사는 저한테 계속 미안하다고 말하다 지나가던 다른 택시를 세우더니 숙소 위치를 가르쳐주고, 그 택시 기사에게는 본인이 또 택시비를 계산하더라고요. 저를 잘 데려다주라고 하는 것 같았어요. 그리고 저한테 또 미안하다고 말하고.”

태국 사람들이 친절한 것은 알고 있었지만, 저 정도일 줄이야…….

아무튼 지난봄,

나 역시 늦은 밤 치앙마이에 도착했다. 택시를 잡고 숙소로 출발(치앙마이 공항 택시는 정액제다). 결제 앱도 있겠다, 환전이야 내일 하면 그만이지 하면서 느긋하게 뒷좌석에 기대앉았다. 구글 지도를 보니 곧 숙소에 도착할 모양이었다. 그런데 골목이 공사 중이다. 택시 기사는 얼른 후진해서 다른 길로 들어섰다. 이게 웬일. 좁은 골목들이 미로처럼 얽혀 있어서 기사조차 길을 못 찾는 게 아닌가? 내비게이션이 무용지물인 골목이라 기사는 연신 나에게 미안하다고 하고, 나는 어차피 도착하면 바로 잘 테니 괜찮다고 하면서 “슬로우 슬로우!”라며 여유를 부렸다. 본래 30분이면 도착하고도 남았을 거리를 숙소 문턱에서만 30분을 헤맸다. 어느 순간부터인지 내가 구글 지도 앱을 켜고 "턴 레프트, 라이트"를 하기에 이르렀다.

기사는 당황해했지만, 나는 오히려 재미있었다. 그러길 한참 만에 숙소 정문에 도착! 활짝 웃는 택시 기사, 엄지척 하며 박수 치는 나.

여기서 끝났으면 해피엔딩이었을 텐데⋯⋯. 결제를 시도하는 중에 앱이 계속 오류를 낸다. 이번엔 내가 당황할 차례. 택시 기사는 연신 "슬로우 슬로우⋯⋯" 하고. 이렇게 또 10분이 지나갔다. 하는 수없이 100달러 지폐를 꺼냈더니 잔돈이 없다면서 택시 요금을 받지 않겠단다. 빨리 들어가서 쉬라나. 헉!!

"노노노노노노노노노노노노노!"

혹시나 해서 한국 돈 괜찮냐고 물으니, "ok 까올리, ok"라고 한다.

때마침 지갑에 있던 7달러가 생각이 나서 7달러를 모두 줬다. 그랬더니 이번에는 또 잔돈을 거슬러준다며⋯⋯.

그렇게 서로 고맙다고 인사하고 체크인에 성공했다. 숙소에서 환율을 따져보니 택시 기사가 정확한 액수를 바트화로 줬네!

이렇게 두 배의 해피엔딩으로 하루가 막을 내렸다. 사정

이 이러하니 서현 님과 내가 치앙마이를 그토록 사랑할 수
밖에.

첫날의 좋은 기억 덕분인지 치앙마이에서의 매일 아침 달
리기는 행복하고 여유로웠다.

무더운 여름, 하늘공원을 달리다가 힘들고 지칠 때면 나
는 곧잘 치앙마이를 떠올린다. 미소가 절로 나오는 추억이
다.

마스크 달리기

2025년 11월 24일, 월요일, 08:38, 영상 9도
10.06km, 4:37/km, 154bpm, 511Cal 소모

휴일이라 느긋하게 출발했다. 미세 먼지 농도가 '상당히 나쁨'으로 표시되어 마스크를 쓰고 나갔다. '나쁨'까지는 마스크 착용을 잘 하지 않는데, 그다음 단계부터는 항상 착용한다. 마스크는 매 4km마다 교환한다. 그런 연유로 코로나 시절부터 하루 사용한 마스크는 버리지 않고 달리기할 때 쓰려고 모아둔다. 새 마스크를 사서 달릴 때마다 3~5개씩 소모하는 건 나로서는 감당할 수 없다.

아무튼 오늘 달리기의 심박수를 보니 마스크를 착용했음에도 속도에 비해 호흡 조절이 잘 된다. 본능에 의한 짐승의 호흡.

처음 마스크를 쓰고 달린다고 하니 주변의 우려가 컸다. 그냥 뛰기도 힘든데 마스크를 쓰고 어떻게 달리냐, 뇌에 산소 공급이 안 돼서 쓰러진다……. 아무튼 나는 아직 건재하다. 또 한편으로는 마스크 착용이 폐활량과 심폐 지구력 향상에 도움이 되지 않을까, 생각해본다. 결과는 잘 모르겠다. 쓰고 안 쓰고의 차이는 있겠지만, 착용 시 크게 불편함은 없으니까.

램프 증후군

일어날 가능성이 적은 일을 미리 걱정하는 것이 램프 증후군이다.

치앙마이 서현 님의 남편, 지니의 이야기다.

지니는 램프 증후군이 심해서 비행기를 못 탄다. 지니의 본명은 '염○정' 또는 '염○훈'인데, 사생활을 생각해서 지니라 하겠다.

지니는 서현 님과 연애하면서 무어의 단골이 됐다. 가게를 13년 하는 동안 깨달은 것, 영원한 단골은 없다.

여성분들은 연애를 시작하면 남자친구를 미용실로 데려오고, 남성분들은 연애를 시작하거나 결혼하면 더는 미용실에 오지 않는다. 참으로 평등한 시장 논리 아닌가?

어린 시절 지니는 겁이 없었다고 한다. 초등학교 시절 스키 상급자 코스 리프트도 재미있어 했고, 코스 내려오는 것도 아무렇지 않았는데 언제부터 램프 증후군이 생긴 것인지 본인도 모르겠다고 말한다.

대학 시절 그는 교환학생으로 온 일본인과 친구가 되었다고 한다. 나중에 일본 친구가 지니와 다른 친구 하나를 일본으로 초대했단다. 우리 정서상 초대받은 이가 동성이니 트윈룸을 잡아놓았겠구나 했는데, 일본에 도착해서 보니 각각 방을 쓰게끔 두 개를 준비해놓았더란다.

— 호텔비는 일본 친구가 내줬어요?!
— 아니요, 저희가 각자 계산했죠. 뭐 먹을 때도 각자 3분의 1로 계산하고.
— 그럼 왜 초대한 거예요?
— 거기 정서가 그렇겠지 했어요. 그런 건 괜찮았는데 밤에 낯선 방에서 혼자 자려고 하니 너무 무서운 거예요. 눈물도 막 나고.
— 예? 20대 성인이잖아요?! 옆방에 친구도 있고! 그래서요??
— 그렇긴 한데 공간에 혼자 있는 게 너무 무서웠어요.

─ 그럼 친구 방으로 가지 그랬어요.

─ 그건 또 친구한테 민폐 같아서 아빠한테 전화했죠.

지니 얼굴을 보니 제법 심각하게 그때 그 순간을 회상하고 있고, 나는 그런 지니가 재미있었다. 아무튼, 지니가 아빠의 다독임에 마음을 추스르고 TV를 켰더니 당시 한국 드라마 <카이스트>가 나오더란다. 그날 밤, <카이스트>에서 나오는 한국말이 마음의 안정을 찾아줬다고. 더빙 드라마였으면 지니는 얼마나 힘들었을까.

─ 신혼여행은 어디 다녀왔어요?

─ 다행히 코로나 시절이라 부산으로 갔어요. 서현 님한테는 미안하지만, 솔직히 저는 비행기 안 타서 너무 좋았거든요.

─ 비행기가 왜 무서워요?

─ 가다가 떨어질 수도 있고 다른 항로에 있는 비행기가 이탈해서 추돌할 수도 있고, 실제로 새들이랑 부딪히기도 하잖아요.

─ 근데 그럴 일은 정말 희박하잖아요.

─ 네, 저도 알아요. 그런데 문제는 제가 그런 사건, 사고

들을 유튜브에서 너무 자주 봐요. 안 봐야 하는데, 원래 비행기 원리 이런 것들을 좋아하다 보니 알고리즘으로 보게 되네요.

이 대화는 정말 진지하게 진행됐다.

'팀 무어'의 팀원 중 한 명에게도 심각한 비행기 공포증이 있다. 덕분에 그게 얼마나 심각한 것인지 나 또한 잘 이해한다. 그러니 마냥 가볍게 농담으로 치부할 수는 없었다.

지니가 가장 좋아하는 취미는 골프다.

내친김에 골프공 맞을 확률에 대해서는 생각 안 해보았냐고 물었더니, 실제로, 친한 친구가 골프공에 맞아서 뇌출혈로 위중한 단계까지 갔었다고 한다. 그래서 지니는 골프공 공격에 대해서도 항상 방심하지 않는다고.

— 오토바이 헬멧을 쓰고 공을 치면 어떨까요?

— 그건 좀 불편할 것 같아요. 보기에도 그렇고.

— 야구, 타자용 헬멧은 괜찮지 않을까요!

— 음……. 그건 가능할 것 같아요.

역시 진지한 대화였다. 운전에 관한 이야기는 생략하겠다. 도로 역시 지니에게는 안전한 곳이 아니지만 그나마 어렸을 때부터 운전해서 그런지 그냥 일상이 되었다고.

서현 님이 혼자 치앙마이 한 달 살기를 한 것도 지니의 램프 증후군 때문이었다.

― 서현 님이랑 유럽 여행도 다녀오셨잖아요? 치앙마이도 잠깐 다녀오고.

― 네, 너무너무 힘들었는데, 서현이 위해서 갔다왔죠. 그냥 비행기를 타는 순간 모든 걸 다 내려놓는 거 같아요. 얼마 전에는 장인, 장모님 모시고 철원에 있는 주상절리 유명한 곳에 갔거든요. 근데 거기 출렁다리가 있는 거예요. 어르신들이랑 서현이도 즐겁게 다 같이 건너는데 저만 빠질 수는 없잖아요. 정말 진심으로 건너기 싫었는데……. 건넜어요.

― 대단하시네요!

― 저 그런 상황들이 너무 힘들거든요. 그런데도 해낼 수 있는 건 사랑 덕분인 것 같아요. 서현이 사랑하는 마음으로 극복하려고 해요. 사랑의 힘이다!

웃프고 아름다운 사랑 이야기.

실제로 얼마 전 충북, 시군대항 마라톤 대회에서 주로를 달리던 선두 주자가 트럭에 교통사고를 당해 뇌사 상태다. 일반인 대회가 아닌 선수들 대회라 교통 통제도 엄격했을 텐데 이런 사고가 생겨 안타깝다.

지니의 염려가 지나친 면도 있겠지만 그냥 웃고 넘어갈 해프닝만은 아니다. 안전, 안전, 절대 안전!

단상 3

2025년 11월 27일, 수요일, 04:51, 영상 4도
14.01km, 5:12/km,133bpm, 652Cal 소모

몇 년째 새벽 달리기를 하고 있지만, 일어나는 것은 여전히 곤욕스럽다. 억지로 일어나 앉았다가 반대편으로 눕기를 반복. 새벽의 침대는 왜 이렇게 달콤한지. 모진 마음으로 이부자리와 헤어질 결심을 한다. 미세먼지가 심하여 이틀간 달리기를 쉬었으니 일어나지 않을 구실도 없다. 누가 강요해서 하는 것도 아닌데 이렇게 꾸역꾸역 일어나 달리는 스스로가 가끔은 독하다는 생각도 한다.

6km를 지나자 왼쪽 운동화 끈이 풀렸다. 대회에서 끈이 풀리면 낭패지만, 이렇게 조깅 중에 풀리면 반갑기도 하다. 어차피 풀린 끈은 다시 묶어야 하니 그 잠깐의 쪼그려 앉는

시간이 또 그렇게 달콤할 수가 없다.

순간의 작은 행복.

장인은 월급쟁이가…

"장인은 월급쟁이가 아니니,
  생활이 삶이고 삶이 직업이다."
  _오가와 미쓰오

　수년 전 『시골 빵집에서 자본론을 굽다』에서 읽은 구절인데 울림이 있어서 항상 되새기고 있다.

　『시골 빵집에서 자본론을 굽다』도 쉽게 읽히고 좋은 책이기에 주변에 종종 권한다. 나 역시 손님의 추천으로 읽게 됐다. 책 소개는 아니고, 저자와 손님의 에피소드가 기억에 남아 잠시 언급하려 한다.

　손님은 인사동에서 '꽃, 밥에 피다'라는 한식집을 운영하신다. 『시골 빵집에서 자본론을 굽다』를 읽으시고 실제 그

빵집과 저자에 매료되어 언젠가는 그곳을 한 번 방문하리라 결심하셨단다. 그러던 어느 날 '꽃, 밥에 피다'에 책의 저자이자 대표가 방문했다고 한다. 『시골 빵집에서 자본론을 굽다』 저자 또한 서울에 있는 '꽃, 밥에 피다'에 대해 매체를 통해 알게 된 후 어떤 곳인지 궁금해하면서 일본에서 일부러 찾아온 것이다. 옛 고수들이 서로를 흠모하여 예를 표하는 느낌이랄까. 이후, 식당 대표님 또한 '시골 빵집'을 방문하셨다.

미용을 하기로 결심한 후, 진로 상담을 명목으로 교수님을 찾아뵈었다. 스스로의 확신을 더 굳히고 싶었던 마음이 컸다.

　— 교수님, 저 미용을 할까 합니다.

　— 너 4년 공부한 거 아깝지 않아?

　— 솔직히 의상이나 헤어나 다 같은 패션 아닐까요?

　— 그건 그렇지……. 어머니는 뭐라고 하셔?

　— 교수님이랑 똑같은 말씀하셨어요. 아깝지 않냐고. 그리고 원래 저희집은 '니가 알아서 잘해라' 하는 분위기예요.

　— 네가 확신이 있다면 굳이 나도 우리 분야를 고집할 필요는 없다고 봐. 다만, 앞으로 어떤 일을 하든 돈을 쫓지는

말도록 해. 묵묵히 그 일에 최선을 다하면 돈이라는 건 알아서 따라올 거야.

교수님의 첫 질문은 대략 예상했던 터라 답변을 준비할 수 있었다. 하지만 교수님의 조언은 전혀 예상치 못했고, 지금까지 가슴 한켠에 크게 자리잡고 있다. 하지만 아직은 장인이 아닌 장사꾼이라 수시로 나 자신을 돌이켜보며 일과 보상을 저울질하고, 치우침이 없도록 노력한다. 그래서인지 난 여전히 가난하다. '청출어람 청어람'이라 했거늘….

하지만 조금씩, 생활이 삶이고 삶이 직업이 되어가는 행복은 느낀다.

귀찮음

2025년 11월 28일, 목요일, 04:58, 영하 1도
16.12km, 5:01/km, 134bpm, 794Cal 소모

집에서 나오기 전 확인한 기온이 맞나 싶을 정도로 춥다. 얇은 바람막이 사이로 바람이 몹시 차다. 다시 들어가서 갈아입기도 귀찮고 해서 일단 출발.

잠에서 안 깬 몸도 무거운데, 겨울용 운동화가 무게를 더한다. 두꺼운 밑창이 발걸음을 투박하게 하니 몸까지 투덜거리는 느낌이다.

2km를 달리고 나니 몸은 그나마 조금 데워진다. 코스는 정하지도 않았고, 가다 보면 뭐 어떻게 되겠지 하는 마음으로 계속 달린다.

공원 코스는 어제도 돌았고, 언덕이나 계단은 굳이 오늘 같은 날 열심히 하고 싶지 않고, 그냥 꾀부리고 싶은 날이

다. 공원 올라가는 길을 지나쳐 한강 따라 생각 없이 계속 직진했다. 생각도 귀찮은 날.

가양대교를 지나 고양시 경계를 넘어가니, 벌써 돌아오는 사람이 있다. 마주치며 "안녕하세요" 하니, 상대방도 인사를 해준다. 새벽 인사 한마디에 굳어 있던 몸도 기분도 이완되며 발걸음이 한결 가벼워진다.

1년 전만 해도 가양대교를 지나 방화대교에서 행주산성 쪽으로 가는 길은 깜깜했는데 지금은 가로등으로 아주 밝다. 하늘공원, 노을공원 길과 마찬가지로 안전하고 편하긴 한데, 예전 어둠이 주던 긴장감이 없어서 아쉬운 점도 없지 않다. 그때는 한강이나 공원에서 느끼지 못하는, 야생에서 야간 트레일 러닝을 하는 기분이었다면, 지금은 긴 산책로를 달리는 느낌이다. 편도 8km에서 턴 하는 순간, 2km 더 갈까 하다가 '아니, 오버하지 마라' 하고 돌아왔다.

귀신 본 사람?

거의 10여 년 전 미용실 오픈 초창기, 마침 비 오는 날이었다. 그날 마지막 손님은 처음 보는 여성분이었다. 펌을 하며 이런저런 얘기를 하다 서로 귀신 얘기를 하게 되었다. 손님은 미용실 후기를 이렇게 한 줄 남겼다.

'사장님이 귀신 얘기를 잘한다.'

그날 들려준 이야기.

고등학교가 무척 컸다. 운동장을 반으로 나눠 반은 야구부가 쓰고, 반은 우리가 축구를 했다.

소나무 숲속에 학교가 있는 것인지, 학교 안에 숲이 있는 것인지 구분되지 않을 정도로 부지가 넓었다. 야간 자습 후

교문으로 하교하면 너무 멀어서 가끔 친구들이랑 운동장을 가로질러 담을 넘어 다니기도 했다. 게다가 우리 학교에는 체육관, 기숙사, 도서관 건물까지 따로 있었다.

오래전 일이라 2학년 2학기인지, 3학년 1학기인지 정확한 시기는 기억나지 않는데, 아무튼 중간고사 기간이었다. 아무 눈치 안 보고 학교를 휘젓고 다닌 걸로 봐서는 3학년이 맞을 것 같다.

당시 매일 같이 등하교를 함께하던 친구가 종승이랑 규주였다. 집도 가깝고, 2학년 때는 모두 같은 반이었고, 3학년 때는 규주만 다른 반이 됐다. 게다가 성적도 비슷했다.

종승이는 전교생 중 농구를 제일 잘했고, 규주는 노래를, 나는 축구를 잘했다. 그리고 셋 다 공부는 못했다. 반 48~49명 중 항상 30위 언저리였으니까.

중간고사 기간, 오전에 시험을 마치고 집에서 점심을 먹은 후 학교 도서관에 갔다. 열람실이 여러 곳 있는데, 가장 작은 열람실에 들어가서 출입문을 등지고 자리를 잡았다. 그곳은 출입문이 하나라 나를 지나쳐야만 드나들 수 있었다. 앉기 전 열람실을 대충 훑어보니 아무도 없다.

혼자라는 흐뭇한 기분으로 공부를 시작했다. 그러다 꾸

벅꾸벅 졸기 시작. 얼마 후, 대각선 구석에서 인기척이 들려 칸막이 위로 고개를 들어보니 한 학생이 일어나 나간다.

‘어 나 말고 누가 또 있었네……’

대수롭지 않게 생각하고 공부하다가 늦게까지 있을 생각으로 다시 집에 가서 이른 저녁을 먹고 돌아왔다.

(집이랑 학교는 5분 거리)

같은 자리에 가방을 올려두고 또 누가 있을까 확인하느라 열람실 구석구석을 살폈다.

아무도 없다.

다시 한번 혼자라는 뿌듯함으로 자리에 앉아 집중해서 문제를 풀었다.

10여 분, 혹은 20여 분 지났을까…….

아까 그쪽에서 인기척이 난다.

‘뭐지?’

턱을 아주 살짝 들면서 눈만 위로 뜨고 바라보니, 한 명이 아까 그 자리에서 일어나 출입문 쪽으로 걸어온다. 의식하지 않는 척하며 눈으로만 그 아이의 동선을 쫓았다. 그 아이 역시 나를 의식하지 않고 내 옆을 태연히 지나 문을 열고 나간다.

심장이 터질 것 같다.

지체 없이!

펼쳐진 책들을 가방에 쑤셔 넣고 도서관을 뛰쳐나갔다. 한달음에 2층 계단을 내려와 운동장을 가로질러 담을 넘어 집으로 왔다.

'낮인데……. 아직 해도 안 졌는데, 귀신이 있다고?'

'처음에는 누가 있었다 해도, 두 번째는 분명히 확인했는데 아무도 없었잖아. 어떻게 그럴 수 있지?? 졸지도 않았는데…….'

혼자 오만가지 생각을 했다.

다음 날 아침 등굣길.

— 나: 야, 나 어제 도서관에서 귀신 봤어.

— 규주: 언제?

— 나: 시험 끝나고 낮에.

— 종승: 빨리 가자!

— 나: 진짜 봤다고!!

— 규주: 뭔 귀신이야?! 대낮에……. 여자야, 남자야?

— 나: 남학교 도서관에 여자가 왜 나와?!

— 종승: 뭘 그런 말을 믿어, 뻥이구만.

— 나: 아, 진짜라고!!

둘이 나를 완전히 무시해서 등교 후 아무에게도 이야기하지 않았다. 도서관 건물에 생물실과 화학실이 있어서 생물, 화학 실험 수업 외에는 그 뒤로 도서관 근처는 두 번 다시 가지 않을 생각이었다.

그랬는데…….

수능 모의고사 날짜가 잡혔다.

고3은 매주 일요일에도 학교에 나가 자습해야 했다. 오전 9시부터 오후 5시까지.

그 주 일요일 자율학습을 마치고 셋이 하교하는 길.

— 종승: 우리 저녁 먹고 도서관 가서 공부할래?

— 규주: 오 좋은데! 가겠음.

— 나: 안 가. 귀신 나온다고.

— 종승: 니, 겁먹었지?

— 규주: 괜찮아 형들이 있잖아!

— 나: 평소에 공부도 안 하는 것들이 왜 시험 때만 되면 지랄이야?!

— 종승: 이때라도 해야지.

— 규주: 그렇지!! 귀신 나오면 어때 셋이 있는데!!

— 나: 몰라, 아…….

저녁을 먹고 셋이 도서관으로 갔다. 한편으로는, 그래 귀신이 어디 있겠어, 내가 뭔가 착각했겠지 하면서 나름대로 내 기억이 왜곡되었던 거라고 생각했다.

혹시라도 숙직 선생님께 들킬까 봐 조심조심 도서관으로 갔다. 어라, 열람실이 다 잠겨 있다. 내심 기뻤다.

(작은 목소리로)

— 나: 돌아가자. 잠겼잖아.

— 규주: 여기서 하자.

— 나: 맨바닥에 엎드려서 하게?

— 종승: 교실에 가서 책상이랑 의자 가져오자.

— 나: 미친 놈이네. 4층에서 그걸 어떻게 안 들키고 여기까지 가져와?

— 규주: 1층 1학년 교실에서 꺼내자! 창문으로 꺼내면 돼.

— 종승: 가자!!

— 나: 미친 놈들…….

교실이 있는 본관 건물과 도서관 사이는 또 소나무 천지다. 그리고 도서관 복도에는 창이 없어서 외부로 불빛이 나가지 않는다. 밤에 누가 있는지 아무도 모른다. 또 하나, 모든 학교의 1층 교실 어딘가는 창문이 열려 있다.

어쩔 수 없이 또 둘을 따라나섰다.

열린 창문 발견.

종승이 자기가 들어갈 테니 우리 둘에게 밖에서 책상과 의자를 받으라고 한다. 잠시 후, 한밤중에 책상 위에 의자를 올린 상태로 셋이 일렬로 서서 솔밭 길을 걸어갔다. 지금 생각해도 셋 다 또라이들이다.

다시 도서관 복도.

셋이 책상을 마주 보게 해놓고 앉아서 공부를 시작했다. 한편으로는 잘 온 거 같기도 했다.

정적. 아주 잠깐.

— 규주: 나 오줌.

— 나: 싸고 와.

— 규주: 무서워. 같이 가.

— 종승: (킥킥거리며) 규주 쫄았다!

— 나: 화장실 1m도 안 된다.

— 규주: 같이 가자고!!

바로 뒤가 화장실이다. 또 셋이 같이 일어선다. 화장실 입구에서 스위치를 켰는데 불이 안 들어온다.

— 규주: 어?? 복도는 들어오는데 여기 왜 안 켜져?!

— 나: 그냥 싸, 우리 입구에 있을게.

— 규주: 바지에 묻으면?

— 나: 잘 싸면 되지 바지에 왜 묻어?

— 종승: 잠깐만!

종승이 연습장을 북북 찢더니 몇 장을 겹쳐 말아서 길게 두 개를 만들어 내게 하나 건넨다. 그리고 라이터로 불을 붙여 횃불처럼 하나씩 들고 규주 뒤에 섰다. 둘은 담배를 피우는 놈들이라 라이터를 가지고 다닌다.

— 종승: 야, 이제 싸.

— 규주: 땡큐 친구!

— 종승: 야, 오래도 싼다! 근데 그림자 졸X 무섭지 않냐?

— 규주: 하지 마!

— 나: 빨리 싸기나 해! 뜨거워, 불 금방 꺼져.

그때,

대변기 칸에서 갑자기 물이 내려간다.

쏴아아아~~!

어둠 속에서 들리는 물 내려가는 소리는 어마어마하게 크고 무섭다. 순간 종승과 나는 급조한 횃불을 집어 던지고, 규주는 바로 뒤돌아 따라 나와서, 셋이 동시에 책들을 가방에 쑤셔 넣고 후다닥 밖으로 뛰쳐나와 솔밭을 지나 운동장을 달리기 시작했다.

— 아, 그 소리 뭐냐?

— 누가 안에 있는 거야?

— 내가 귀신 있다 그랬잖아!

— 무섭다!

— 나 바지 오줌!

서로의 말들이 얽힌 채로 우리는 운동장을 달렸다. 다음 날 1학년 교실은 또 어떤 분위기였을까? 책상 세 개, 의자 세 개가 사라졌으니…….

그 후 우리 셋 사이의 귀신 얘기는 큰 화제가 아니었던 것 같다. 어쨌든 우리는 고3이었고 수능 시험이 더 무서운 존재였으니.

하지만 지금도 궁금하긴 하다.

내가 본 아이는 귀신이었을까?

잠든 사람은 죽은 사람과 같아요

단골손님 정언 씨의 이야기다.

— 제가 중학교 때 어느 날 열이 나고 아파서 조퇴하고 집으로 왔어요. 제 방으로 안 가고 안방으로 들어가 이불을 깔고 누웠어요. 자려고 눈을 감고 있는데, 갑자기 이마 열이 서서히 내려가는 거예요.

— 한기가 느껴졌어요?

— 그런 느낌보다는 열나던 게 없어지는 느낌이었어요. 약간 서늘했던 것도 같고. 암튼 그래서 제가 눈을 살짝 떴거든요. 누운 자세에서 발끝에 엄마 좌식 화장대가 보이는데, 근데 거기에 어떤 여자가 색동저고리 같은 걸 입고 머리를

살짝 기울인 채 거울을 보며 긴 머리카락을 계속 빗질하는 거예요.

— 오오오!

— 제가 너무 무섭고 놀라서 소리를 지르는데 소리가 안 나오는 거예요. 움직이지도 못하겠고. 그런데 갑자기 웬 여자가 고개를 홱 돌리더니, 귀 뒤로 입이 찢어질 만큼 깔깔거리며 웃는 거예요. 정말 미친 여자가 웃는 것처럼요. 진짜 입이 찢어진 듯이 귀 뒤까지 입을 크게 벌리고. 너무 무서운데 소리를 질러도 소리가 안 나오는 거예요. 순간 그 여자가 공중으로 솟아올랐는데 하반신이 없었어요. 상반신만으로 공중에 떠서 몸이랑 고개를 흔들면서 계속 저를 보며 웃었어요. 겨우 소리가 나와서 "엄마" 하고 소리쳤더니 거실에서 엄마가 달려오셨어요.

— 낮이었어요?

— 네, 낮에 그랬어요. 엄마가 오셔서 저를 앉히고 등을 토닥이며 안아주셨는데, 엄마 등 뒤로 귀신이 계속 몸을 흔들며 웃는 거예요. 그래서 제가 "엄마 뒤에, 뒤에, 뭐가 있어" 하며 울먹이니까 엄마가 뒤돌아보시더니 아무것도 없다고 자다가 놀래서 그렇다고 안고 달래주시는데 귀신이 순간 4층 창문으로 휙 날아가는 거예요.

─ 와, 이건 진짜 무섭네요! 그래서요?

─ 그러고는 안정이 된 것 같은데 이게 연관성이 있는지 모르겠지만 다음 날인가, 이틀 뒤인가 할아버지가 돌아가셨어요.

─ 너무 무서운데…….

─ 저는 무섭기도 하고 몸도 그렇고 해서 장례식은 안 갔어요.

─ 가위눌린 거예요?

─ 아니요! 지금도 생생한데 저 잠들지도 않았어요. 그래서 요즘도 가끔 가위눌리면, 귀신 얼굴을 볼까 봐 아래만 내려다봐요. 그러면 제 가슴 밑으로 버선발이 꾹꾹 저를 누르는 게 보여요.

─ 무섭겠네요.

─ 진짜 무서워요.

─ 그래도 남편분이 옆에서 주무시니까 괜찮지 않아요?

─ 아니요. 남편은 자고 있으니까 별 도움이 안 돼요.

─ 그래도 누가 옆에 있다는 위안은 있잖아요.

─ 잠든 사람은 죽은 사람과 같아요. 다만, 아침에 부활한다는 차이지. 잠이 들었다는 거는 이미 나와는 다른 세상 사람인 거예요. 그리고 남편은 어차피 귀신 같은 건 아예 존재

자체를 부정해요.

아무도 모르고 아무도 알 수 없는 영혼의 세계.
하지만 정언 씨의 "잠든 사람은 죽은 사람과 같고, 아침에 부활한다"는 표현은 올해 들은 말 중에 가장 멋지다.

12월

반면교사

2025년 12월 1일, 월요일, 04:59, 영상 3도
18.01km, 5:02/km, 144bpm, 923Cal 소모

미세먼지 '상당히 나쁨'이라 마스크 착용.

11월 달리기 13회, 누적 거리 188.1km.

한 달 평균치도 못 달렸다. 시즌이 아닌 경우 최소 200km는 달려야 하는데, 지난 토요일 일요일 주말이 너무 바빠서 하루 시간을 못 냈더니 결국 미션 실패.

한 달 평균 거리를 225km로 설정했다.

이틀에 한 번 달린다고 가정하면 월 15회.

매회 15km를 달리면 225km. 단순하다.

대회 신청에 성공하면, 금주를 시작으로 3개월 훈련을 시작한다. 무알콜 맥주도 안 마신다. 술이 연상되는, 소위 마시는 행위를 자제하기 위해서다. 예전에는 한 달 금주, 보름

금주 이런 식으로 대회를 준비했는데, 경험이 쌓이면서 금주 기간이 길수록 경기력이 향상된다는 것을 깨달았다.

올봄 3·16 동아 마라톤은 1월 1일부터 벼락치기로 준비했다.

1월 달리기 28회, 누적 거리 500.3km.

2월 달리기 25회, 누적 거리 401km.

3월 대회 전 달리기 10회, 누적 거리 149.06km.

두 달 보름간 63회, 1050.36km를 달렸다.

결과는 3:13:05, 평균 속도 4:33/km.

기록 갱신 실패.

나의 최고 기록은 2023년 동아 마라톤에서 3:11:10, 평균 속도 4:30/km이다. 이때는 2022년 11월 JTBC를 준비하며 8월 중순부터 이듬해 3월까지 6개월 이상 200~440km를 꾸준히 달렸다. 한 달 평균 280km.

(2024년에는 대회 신청을 아예 하지 못했다.)

기록 갱신 실패 요인은 두 가지다.

첫째, 1년 반만의 대회 출전이라 감을 잃었다. 특히, 바로 전 대회였던 2023년 JTBC 대회 41km 지점에서 허벅지에 쥐가 났다. 그 트라우마로 달리는 내내 몸을 너무 사렸다.

즉 경기 운용이 미숙했다.

(2023 JTBC 3:16:34, 4:39km)

둘째, 너무 짧은 기간에 과도하게 달렸다. 겨울 두 달 반 동안의 압축된 운동량은 충분했지만, 가을 훈련이 뒷받침되지 않으니 그 운동량만큼의 기량을 끌어 올릴 수 없었다.

반면교사.

올가을 JTBC를 못 뛰었고 춘천 마라톤은 멀어서 일부러 신청하지 않았다. 이렇게 올가을에는 아무 대회 없이 지나갔고, 내년 3월 동아 마라톤 신청도 실패했다. 만약 내년 가을, JTBC 대회만 뛰게 된다면 똑같은 상황이 반복되는 거다.

2026년 동아 마라톤 추가 접수가 시작되면 나는 다시 신청할 테고, 접수 성공을 전제로 오늘부터 꾸준히 연습해야 한다. 설령 실패하더라도 가을을 위하여 역시 꾸준히 달려야 한다.

러너는 멈추지 않는다!

* 2023년 JTBC 배번은 1004였다. 번호표가 도착했을 때, 이것은 하늘의 계시라 생각했다. 하지만 나의 천사는 내 허벅지에 쥐를 남기고 하늘로 날아갔다.

나의 홍제천 친구들

홍제천의 스트레칭하는 장소에는 친구 두 분이 계셨다. 그중 한 분은 코로나 전에 93세였고, 다른 한 분은 현재 85세다. 운동 나가는 새벽이면 항상 인사하던 두 분인데, 93세 어른은 턱걸이도 세 개나 하셨다. 어느 날 턱걸이를 하고 있는데 옆에 오시더니

"체육관 해?"라고 물어보시는 바람에 친해졌다.

어느 해, JTBC 마라톤 참가로 새벽에 상암 월드컵공원으로 가는 중, 홍제천에서 어르신을 만났다.

— 어르신, 저 오늘 마라톤 나갑니다!

— 그래?! 금메달 따고 와야 해!!

손을 잡으며 환하게 웃으셨다.

코로나 동안은 운동을 안 나오셔서 '조심하시는구나!' 했는데, 이후에도 안 나오셔서 85세 어른한테 여쭤봤다.

─ 그 양반이 집이 어디인데, 다리 힘도 부치고 이제는 집에만 있어.

85세 어르신은 외모는 70대 초반으로 보이고, 평행봉이 주 종목이다. 정말 잘하신다.

대부분 어르신과 나 둘만이 그 공간에 있는데, 어르신은 평행봉에서, 나는 철봉에서 각자 묵묵히 운동한다. 달리기 막바지에 스트레칭 장소에 들르면 항상 먼저 나와 계신다. 항상 "벌써 한 바퀴 돌고 왔어? 부지런해!"라고 인사하신다.

일요일 하루만 쉬시고 주 6일 운동하신다. 나보다 훨씬 부지런하시고 평생을 그렇게 운동하셨다니 존경스럽다. 가끔 평행봉이랑 철봉을 닦고 계셔서 "항상 그렇게 닦으세요?" 하고 물으면 "아니야. 뭐 묻어 있고 지저분하면 닦는 거지 뭐!" 하신다.

평행봉 어르신은 앞으로 10년은 너끈히 뵐 수 있을 것 같은데, 철봉 어르신은 무탈하신지 돌아가셨는지 모르겠다. 아마 지금 연세가 99세나 100세 정도일 테니……

새벽 홍제천의 훈훈함이 얼마나 지속될지 가늠하기엔 시간이 너무 빠르다.

단상 4

2025년 12월 3일, 수요일, 04:33, 영하 9도
12.3km, 5:05/km, 139bpm, 596Cal 소모

얇은 패딩을 하나 더 겹쳐 입었더니 1km 지나 더워지기 시작했다. 잠깐 멈춰 허리에 패딩을 묶고 다시 달렸다. 바람이 없어서 체감 온도는 그리 낮지 않다. 운동하기에 쾌적한 날이다. 다만 손이 시려와 장갑 안에서 주먹을 폈다 오므리길 반복하며 달렸다.

어제 미용실 샴푸대 샤워기 손잡이가 고장 났는데, 아침 8시 30분에 교체 작업을 하기로 해서, 일찍 출근할 생각에 마음이 바빠졌다. 짧은 코스로 잡고 오늘을 기념하여 12.3km만 달렸다.

2024년 12월 3일 내란의 밤

조금 늦게 퇴근해서 집에 오니, 밤 10시가 넘었다.

바로 위층에 사시는 지인분께 전해드릴 물건이 있어서 카톡을 드렸다.

➜ 누님, 저 지금 올라가도 될까요?

물건을 챙겨서 문을 나서는데, 지금은 나의 일본어 선생님이신 D형님으로부터 카톡이 왔다.

➜ 썩열이가 계엄령을 내렸어.

결국 저질렀구나, 하는 기분이었다. 평상시 상식적이지 않은 그의 언행을 보며 언젠가는 일을 낼 거라는 생각을 항상 하고 있었다.

급히 포털 사이트를 열었다.

비상계엄, 비상계엄, 비상계엄으로 온통 도배돼 있다. 다시 유튜브 채널을 켰다. 여러 유튜버가 "이재명 대표가 시민들 국회로 모여 달라는 방송을 하고 계십니다!"라고 방송 중이었다.

일단 옷을 갈아입자.

얼마나 밖에 있을지, 이렇게 오늘이 마지막일 수 있겠다는 생각도 들었다. 그러자 오히려 마음이 차분해졌다.

'여의도까지 가장 빨리 가는 방법이 뭐지? 계엄이면, 야간 통행을 금지하고 도로를 통제할 테니 택시는 안 돼. 그럼 자전거는? 도로 통제하면 자전거도 무용지물이니 눈에 안 띄게 이동하려면…… 그래, 한강변으로 자전거를 타고 가자! 그리고 서강대교를 건너가자! 한강변도 통제하면? 그땐 자전거를 버리고 뛰어간다! OK! 그다음은 갈 수 있는 곳까지 최대한 여의도 가까이 가서 나머진 운에 맡긴다.'

뛸 수 있되, 밤을 새워도 춥지 않을 만큼 옷을 껴입고 누나에게 전화했다.

— 봤어?

— 응, 미친놈이 드디어 일을 냈다! 가려고?!

— 가야지!

— 조심해!

— 응, 연락할게.

전화를 끊고, 전해줄 물건을 가지고 위층으로 올라갔다.

— 얼른 들어와요. 근데 옷이 왜 그래? 밤중에 어딜 가려고?!

— 국회 가야죠!

— 아이고, 거기가 어디라고 가려 그래?! 일단 들어와, 빨리 들어와! 좀 상황을 보자고!

캔 맥주를 하나 따 주신다. 누님과 TV를 보며 각자 휴대폰으로 다른 유튜브를 켰다. 맥주를 한 모금 마시는데 상황은 점점 급박하게 돌아간다. 긴장되고 조급해지는데, 방송에서 헬기 영상이 나온다.

— 누님, 저 가야 돼요!! 조심할게요!

— 아이고, 조심해요!

급하게 자전거를 타고 홍제천으로 나가 곧장 한강 망원지구를 지나 서강대교를 향해 달렸다. 한강에 산책이나 운동하는 사람이 단 한 명도 없다.

'아, 이게 계엄이구나.'

실감이 났다. 자전거가 스트라이다 미니벨로라 속도에 한계가 있다. 허벅지가 아플 정도로 페달을 밟으며 시계로 속도를 보니 22km/h가 찍힌다. 무사히 서강대교 도착.

자전거를 들고 다리 위로 올라가니, 도로에 차들이 거의 없다. 대교를 건너가는 사람은 없고, 건너오는 사람들만 간혹 보였다. 통행 제한은 없나보다, 생각했다. 평상시 같았으면 자전거를 끌고 다리를 건넜을 텐데, 급한 마음에 다시 자전거를 타고 달렸다.

국회 의사당 앞에는 이미 많은 시민이 모여서 구호를 외치고 있고, 국회는 경찰들로 봉쇄됐다. 자전거를 끌고 담을 따라 정문 쪽으로 계속 걸었다. 모이는 사람들, 돌아가는 사람들로 북적였다. 예상보다 삼엄하지 않은 분위기에 안심도 됐다. 일단 어떻게 진행되는지 지켜보자는 마음으로 자리를 잡았다.

얼마나 지났을까……. 군중이 소리를 질렀다. "저거 막아야 해!" 하는 고함도 들렸다. 도로 한가운데 십수 명의 시민에 둘러싸인 군용 차량이 속도를 높이며 인파를 벗어나고 있었다. 재빨리 자전거를 타고 인도로 차량을 쫓아 달렸다. 나중에 사람들이 장갑차라 말했던 소형 전술 차량이다. 차량이 서강대교 남단에서 국회 측면으로 좌회전하는데 시민 한 분이 차량을 막아선다.

순간,

'저거 영상으로 남겨야겠다.'

혹시라도 차량이 시민을 치고 나가면, 나중에라도 증거가 있어야 한다는 생각에 자전거를 세우고 영상과 사진을 찍었다. 그러는 사이 주변 시민들이 모여들고 이내 나도 합류했다.

모두가 차량을 향해 항의하고 경찰은 우리에게 물러서라 하는데, 차량이 위협 운전을 시도하며 액셀을 밟기 시작했다. 그때 운전병 시야를 방해하자는 생각에 자전거 라이트를 떼어 어두운 차 안을 비췄는데, 그날 밤 처음으로 공포를 느꼈다. 군인 네 명이 타고 있었는데, 한 명, 한 명 얼굴을 비춰도 누구 하나 미동은커녕 눈도 깜박이지 않고 앞만 주시한다.

'진짜 훈련된 군인이구나!'

거친 항의가 계속되니 그제야 경찰들이 차량을 빼라고, 못 지나간다고 신호했다. 그제야 전술 차량은 후진해서 돌아갔다. 그곳에 있던, 서로 모르는 시민들과 수고했다는 인사도 잠시, 이내 실내등이 꺼진 중형 버스 한 대가 또 들어온다. 모두가 도로로 나가 버스 앞을 막아섰다. 다시 자전거 라이트를 켜서 버스 안을 비추니 무장한 군인들이 가득 타고 있다.

무섭다.

무서운 만큼 시민들의 결의도 대단했다. 지나가려면 우리를 치고 지나가라 했다. 경찰들이 다시 버스를 돌아가라 하고, 그것도 잠시, 이번엔 대형 버스가 들어온다. 안에는 역시 무장한 군인들이 가득하다. 끝이 없겠다는 생각과 오늘 진짜 죽는구나, 하는 생각이 들었다. 그리고 독신이라 감사했다.

다행히 버스는 진입이 되지 않자 돌아갔다.

언제 또, 얼마나 많은 군인이 올지 모르는 상황이라 초조하기도 했지만, 함께 있는 시민들을 보니 예비군도 끝난 연배들이었는데, 모두 군 생활을 해서 그런지 크게 당황하지 않고 망설임 없음에 든든했다.

그런데……. 추워지기 시작했다. 발도 시리고 몸이 떨려온다. 누군가와 통화하던 한 분이 얘기한다. "군인들 퇴각하지 않고 등촌 공영 주차장에 집결해 있답니다!"

한숨만 나온다. 결국 밤을 새워야 하는데……. 우리가 할 수 있는 건 막아서는 것뿐이다. 계엄군이 발포하면 그냥 죽는다는 생각에 허무했다. 죽는 게 두려운 게 아니라 힘없음이 억울했다.

그렇게 시간만 보내고 있는데, 계엄이 해제됐다고 또 다른 시민 한 분이 소리쳤다.

긴 밤이고, 춥고, 졸린다는 생각이 제일 먼저 들었다.

자전거를 타고 집으로 오니 새벽 5시가 넘었다.

아침에 출근하려면 빨리 자야지, 하는 마음에 씻지도 않고 잠들었다.

고시원 청소 달리기

2025년 12월 6일, 토요일, 04:47, 영하 2도
12.38km, 5:06/km, 141bpm, 614Cal 소모

길 곳곳이 얼었다. 그제 내린 눈이 쌓여 있었지만, 날이 푸근해서 그런지 새벽부터 질퍽거릴 조짐이 보인다. 조심스레 달린다고 주의했지만, 두 번이나 미끄러져 휘청거렸다.

지난겨울에도 눈이 제법 내렸다. 당시 평상시에는 전혀 가지 않을 코스로 3개월을 꼬박 달렸다. 그때 그 눈길이 인상 깊다.

작년 10월 1일부터 올해 3월 13일까지 성균관대 근처 고시원에서 청소 아르바이트를 했다. 손님이 부업으로 운영하던 고시원인데 아르바이트를 구한다기에 재미있을 듯하여 자원했다.

일 자체는 무척 단순했다. 이틀에 한 번, 시간 상관없이 출근해서 공용 공간(복도, 주방) 청소와 쓰레기 분리수거. 본업이 아닌 일, 특히 단순노동은 재밌다. 가끔 공실이 생기면 방 청소도 하고, 이불 세탁도 해야 하지만, 방도 협소하고 이불이야 세탁기 돌리고 그동안 다른 청소를 하면 되니 크게 시간을 뺏기진 않았다. 원래 청소라는 것이 하기 나름이라 같은 공간이라도 5분이 걸릴 수도, 2시간이 걸릴 수도 있으니까.

일의 순서와 어느 선까지를 청소할지 혼자 규칙을 정하니 1시간 반에서 2시간이 걸렸다. 여성 전용 고시원이었는데 온갖 국적의 사람들이 있었다. 때로 전기밥솥 사용법도 알려줘야 했고, 벌레잡기와 비둘기 쫓기는 기본이었다.

문제는 이틀에 한 번 무조건 가야 한다는 것. 미용실이 늦게 끝나는 날도 있으니, 고시원을 청소하고 나면 지하철이 끊기는 날이 있었다. 3월에 동아 마라톤 참가하려고 신청해 놓았는데 연습할 시간도 부족했다. 시간에 쫓기다 보니 청소 상태가 내 기준에 못 미치기도 했다. 그래서 청소 후 집까지 뛰어가기로 결심했다. 시간에 쫓기지 않고, 운동 되고, 차비도 아낄 수 있다.

서울 지리를 잘 아는 D형님께 코스를 짜달라고 말씀드

렸다.

고시원▶창경궁▶율곡터널▶경복궁▶청와대▶부암동▶
상명대▶홍제천▶집.

이 코스가 가장 안전하단다.

달려보니 거리는 15km가 조금 넘었다.

날씨와 무관하게 청소는 꼭 가야 하니, 영하 13도 이하인
날도 달리기 규칙과는 상관없이 달려야 했다. 눈 쌓인 부암
동 언덕길을 오르내리고, 얼음으로 꽁꽁 언 홍제천 변을 달
리니 여기가 서울인가 싶었다.

오늘 새벽 눈길이, 유난히 지난겨울을 떠올리게 했다. 이
제는 갈 일이 없는 스파르타 훈련 코스.

고시원은 올해 3월 15일에 팔렸다. 인수자에게서 아르바
이트 제의가 들어왔는데 거절했다. 굳이…….

첫눈과 끝 눈 사이

오후에 눈이 온다고 해서 오랜만에 눈 맞으며 뛸 생각에 새벽 운동은 나가지 않았다. 가는 날이 장날이라고 오후에 눈이 오니 친구가 술을 마시자 한다. 운동 가야 하는데…… 술의 유혹에 아주 쉽게 넘어가버렸다.

단골 양갈비 집에서 창밖으로 내리는 눈을 보며 소주를 마셨다.

― 첫눈 보며 술 마시니 좋지 않나?

― 저게 왜 첫눈이야? 마지막 눈일 수도 있는데.

― 뭔 소리야?! 올겨울 첫눈이잖아!

― 올해 첫눈은 1월에 내렸잖아! 12월이니까 오늘 내리고 이번 달 눈 더 이상 안 내리면, 올해 마지막 눈이지! 1월은

겨울 아니야?!

　— 낭만이 없냐?

　— 낭만은 백호 형님한테나 있지.

내 반박에 고기를 구워주시던 사장님도 한마디 하신다.

　— 그렇게는 한 번도 생각 안 했는데 맞는 말씀이네요.

처음은 없다. 반복과 순환만 있을 뿐.

단상 5

2025년 12월 8일, 월요일, 08:45, 영하 1도
10.01km, 4:31/km, 145bpm, 484Cal 소모

오전 9시니 기온이 금방 올라갈 거라 생각한 게 패착이었다. 맞바람이라니. 긴팔에 반바지만 입고는 바람막이를 덧입지 않은 것을 후회했다. 어젯밤 늦게까지 미세먼지가 '최악'으로 표시되어 걱정했는데, 다행히 '나쁨' 수준으로 내려가서 운동하는 데는 지장 없었다.

아침이라 손전등 없이 달리니 손이 자유롭다. 단출하다. 뭔가 평일 아침의 여유가 느껴진다.

홍제천 스트레칭 장소를 지나치는데 평행봉 위의 익숙한 실루엣이 눈에 들어왔다.

— 안녕하세요! 늦게 나오셨네요?

— 어, 지금 나오는 길이야? 나도 오늘은 늦었어.

― 네, 이제 나와서 지나가는데 어르신 계시길래 인사드리고 가려고요. 운동하시고 가세요!

― 응, 고마워요! 조심해 뛰고.

기분 좋게 인사드리고 다시 달리는데 웃음이 났다.

'어르신도 새벽에 나오기 귀찮으셔서 늦잠 핑계로 느지막이 나오셨구나.'

추워서 몸을 덥히려 속도를 올리는데, 바람이 차니 빨리 들어가고 싶어진다. 5km에서 턴 하고 돌아오는 길. 바람을 등지고 달리니 의도치 않게 속도가 빨라진다.

굳이 이렇게 빨리 뛰고 싶진 않았는데. 맞바람에다 일찍 들어가고 싶은 마음까지 더해져 속도 훈련을 해버렸다.

오만과 편견

2025년 12월 9일, 화요일, 05:30, 영하 3도
15.01km, 5:05/km, 130bpm, 706Cal 소모

힘들었다.

일어나는 것도 힘들고, 뛰는 것도 힘들고, 몸이 무거웠다. 나오기 싫은데 의무감으로 억지로 나와서 몸과 마음이 신체 활동을 거부하는 느낌이다.

4시 알람에 눈을 떴는데, 누운 채 나가지 않을 핑계를 수십 가지 떠올렸으나 실패. 이런 경우는 나가지 못한 것이 실패인지, 나간 것이 성공인지 모르겠다. 기온은 어제보다 불과 2도 낮은데, 마음이 움츠러들어서 그런지 어제보다 두껍게 입었음에도 더 춥게 느껴졌다.

아직 6시도 안 된 시각인데 하늘공원에는 벌써 10여 명의

사람이 달리고 있다. 다들 부지런하다.

어제 후반부 속도를 높여서인지 좀처럼 다리가 풀리지 않는다. 쉬어야 하는데 괜히 나왔다고 종종거리며 천천히 조깅이나 하자는 마음으로 달리는데, 시계 속도는 5:15/km로 뜬다. '5:30~6:00도 괜찮아. 천천히 가자'라고 생각하며 뛰는데, 관성이 무섭다고, 무거운 다리는 힘겨워하면서도 계속 5분 초반을 고집한다.

공원에 달리는 사람들이 여럿 있다는 점도 한몫한 것 같다. 앞에 누군가 달리고 있으면 쓸데없는 경쟁심이 생기니까. 그게 뭐라고 꼭 추월하고 싶은지 모르겠다.

그럭저럭 고군분투하며 공원을 한 바퀴 돌고 한강으로 나왔는데 사달이 벌어졌다.

굉장히 좋은 자세로 안정적으로 달리는 러너가 지나간다. 아, 빌어먹을 몸이 발동이 걸렸다. 힘들지 않은 척 숨소리마저 죽여서 옆을 지나쳐 추월했다. 안정적인 발소리가 규칙적으로 뒤에서 들린다. 이제 나는 멈출 수 없다. 오만과 편견으로 혼자 자중지란을 자처했다. 상대는 내게 관심도 없을 텐데, 멈추지도 못하고 발소리가 안 들릴 만큼 거리를 벌려 홍제천 스트레칭 장소에 도착해서 몸을 풀고 있자니

2~3분 후 그가 여전히 안정적인 자세로 지나간다.

그는 지나가고 나는 거친 호흡으로 뻘쭘했다.

하늘공원 선녀 둘

2023년 2월 19일 나는 선녀가 됐다.

팀 무어의 멤버 한 명과 한 달 뒤의, 3월 19일 동아 마라톤 준비를 위해 하늘공원으로 갔다.

나는 42km, 그녀는 20km를 달리겠다고.

홍제천 어디쯤에서 만나 하늘공원 입구, 관리실 옆 벤치에 겉옷과 가방, 마실 물을 내려놨다.

정확히는, 나의 아디다스 점퍼, 데상트 힙색, 500ml 생수.

그녀의 k2 점퍼, 살로몬 트레일 러닝 자켓, 살로몬 물병.

그리고 우리가 구간마다 먹을 에너지 젤.

서로 페이스가 달라서 나는 풀코스 준비를 위해 공원을 계속 돌기로 하고, 그녀는 10km 대회보다는 장거리 연습을 위해 공원 이곳저곳을 자유롭게 달리기로 했다.

둘 다 싱글렛에 반바지 차림으로 출발.

하늘, 노을공원을 8자로 한 바퀴, 7km를 뛰고 30분 만에 제자리로 돌아오는데 벤치에 500ml 생수병만 보인다. 현실인가? 이런 게 공황 상태인가……. 벤치에 가까워질수록 현실 감각이 없어졌다. 몇 년을 이 공원에서 달렸는데 처음 보는 상황이 벌어진 것이다.

일단 그녀를 찾아야 했기에 멈추지 않고 계속 달렸다. 넓은 공원에서 마주치려면 한 사람은 일정한 방향으로 가야 한다는 생각이 들었다.

한 바퀴 반을 더 도는데 반대편에서 그녀가 달려온다.

— 대장님!! 우리 옷이랑 물건 없어진 거 봤어? 나쁜 도둑이야!!

— 한 바퀴 돌았을 때 없어졌으니 30분 안에 우리 출발하고 없어진 거 같아요. ○○씨 만나려고 일부러 같은 방향으로 돌고 있었어요.

— 정말 나쁜 도둑이야! 어떻게, 경찰 불러?

— 일단 우리 페이스가 다르니까, 어차피 잃어버린 거, 나는 계속 이 방향으로 갈 테니 ○○씨는 중간 길로 빠져서 관

리 사무소 앞에서 만나요! 근데 ○○씨 휴대폰은??

― 어, 나 갖고 뛰었어. 대장님은?

― 다행이다! 난 원래 운동할 때 안 가져와요. 가게에 있어요. 추운데 빨리 움직여요!

다양한 배경에서 살아온 ○○씨는 한국말을 유창하게 본인 편한 방식으로 한다.

아무튼 우리는 비슷한 시간에 관리실 앞에서 만나 직원에게 상황을 설명했다.

― 저희가 옷이랑 소지품을 옆 벤치에 두고 한 바퀴 돌고 왔는데, 몽땅 없어졌거든요. CCTV 확인할 수 있을까요?

― CCTV는 여기에 없고 월드컵공원에 CCTV 관제 사무실이 따로 있어요. 필요하시면 연락드릴 테니 일단 들어오세요!

둘이 싱글렛에 러닝 반바지만 입고 오들거리니 일단 들어오라 한다.

― 그럼, 공원 내 CCTV 설치 장소를 대략 알 수 있을까요? 공원 입구라든지……

― 공원이 워낙 넓기도 하고 오픈돼 있어서 따로 입구에 CCTV는 없는 것 같고 하늘공원, 노을공원 정상 둘레길에만 카메라가 있는 걸로 알고 있어요. 자세한 사항 알려면 월

드컵공원 사무실 가셔야 해요. 연락해드릴까요?

— 네, 연락해주세요! 감사합니다.

2월 중순의 밤은 춥다. 많이, 매우 춥다.

둘이 오들거리며 관제 사무실에 도착.

— 저희가 어쩌고저쩌고해서 왔습니다.

— 네, 어쩌고저쩌고 연락받았는데, CCTV는 경찰 입회하에만 보실 수 있어서요, 신고하시겠어요?

— 아……. 예, 신고하겠습니다.

— 안녕하세요, 저희가 어쩌고저쩌고해서 지금 이러한 곳에 또 이러한 상황으로 있어서 사건 접수하려고 합니다.

— 네네, 바로 출동 도와드리겠습니다.

경찰이 오는 동안 둘이 로비 한켠에 기대어 앉아 "여기 참 따뜻하다"며 노닥거리는데, 직원분이 녹차랑 사탕을 가져다주신다. 우리가 봐도 처량한 몰골.

잠시 후 경찰 도착. 그분들도 이런 상황은 처음인 듯. 아직 겨울인데, 한여름 복장의 성인 둘이 앉아 있으니 참.

CCTV는 보나마나였다. 공원 정상만 비추고 아래 둘레길은 없었다. 분실 사건만 접수됐고, 우리는 더 먼 길을 가야 했다.

그녀는 연희동 집으로, 나는 연남동 가게로.

― 저 경찰관님, 죄송한데요…….

― 네, 말씀하세요!!

― 저희가 집이 한 명은 연희동이고 저는 연남동을 가야
해서 저희 좀 태워주실 수 있나요? 저희가 지금 너무 추워
서요.

― 그럼요, 태워다 드릴 테니 가시죠!

경찰차는 따뜻하고 승차감이 좋다. 그리고 무엇보다 뒷좌
석에 앉으면, 내릴 때 기사가 문을 열어준다.

3일 뒤.

나무꾼도 잠든 시간인 새벽 3:30에 일어나 혼자 공원에
갔다. 노을공원, 가지 많은 나무를 하나 골라 은밀하게 옷과
물과 에너지 젤을 숨기고 42km를 완주했다.

3:18:45.

연습 기록으로는 충분하다.

운동성과 율동

오랜만에 3일 연속 달리기.

달리기할 때 주머니에 무언가를 넣고 뛰어본 적이 있는가?!

휴대폰을 손에 들고 달리는 사람들은 많다. 가끔 그들을 보며 '팔에 차거나 러닝용 힙색에 넣지 않을 거면 주머니에 넣지' 하고 생각한다. '요즘 휴대폰은 사이즈도 커서 꽤나 불편할 텐데'…… 이런 오지랖까지.

나 또한 새벽이나 야간에는 항상 왼손에 작은 손전등을 들고 달린다. 그나마 손안에 쏙 들어오는 작은 크기라 불편하지 않지만 들지 않느니만 못하다. 경험에서 하는 말이라 과학적 근거나 신빙성은 없고 오직 주관적 견해임을 먼저 밝힌다.

모든 움직이는 물체는 나름의 운동성과 율동이 있다.

휴대폰을 가령, 하의나 상의 주머니에 넣고 달린다고 하면, 먼저 무게나 부피로 불편함이 생기고, 휴대폰 무게로 인한 몸의 무게 중심이 무너진다. 그다음은 자연스럽게 자세가 흐트러진다. 그래서 달릴 때, 힙색도 앞이나 뒤 허리 중간에 위치시켜 무게 중심에 영향이 없도록 한다. 하지만 불가피하게 손에 무엇인가를 들고 뛰어야 하는 상황이 생긴다면, 주머니에 넣을 것을 추천한다.

'불편하다면서 왜 주머니에 넣으라고 하지?'

여기에 물체의 운동성과 율동이 있다.

달리는 몸은 일정한 리듬으로 운동을 진행한다. 이때 작은 물체가 몸에 부착되지 않고 주머니 안에 매달려 있다면, 몸의 운동성으로 물건도 흔들리게 된다. 자체 운동을 하는 것이다. 그런데 몸의 운동과 물건의 운동이 일치하지 않으니, 달리는 나는 주머니 속 물건이 계속 신경 쓰여 결국 손에 들게 된다. 하지만 물건을 주머니 속에 넣고 계속 달리다 보면 어느새 물건의 이물감이 사라진다. 큰 몸의 운동성에 맞추어 작은 물건이 율동을 가지게 되고, 결국은 같은 리듬으로 움직여 달리기에 크게 방해가 되지 않는다.

다시 말하지만, 경험에 의한 이론이라 과학적 근거는 없
다.

무엇보다 달리기는 손이 자유로워야 하기에.

단상 6

2025년 12월 11일, 목요일, 08:39, 영상 5도
10.12km, 5:01/km, 139bpm, 505Cal 소모

4일 연속 달리기.

비가 그치길 기다리다 느지막이 나갔다.

달리는 중에는 좀처럼 멈추는 경우가 없는데, 비 온 뒤 한강의 물안개가 너무 예뻐서 잠깐 강변으로 내려갔다. 물살마저 잔잔하고, 안개에 묻힌 건너편 강기슭과 건물들이 희미하게 보여 신비롭기까지 했다. 한강의 아름다움을 새삼 느낀다.

공짜인데 김포쯤이야!

크리스는 라이프치히 출신의 독일 친구다.

공원이 생기기 전의 초기 연남동 시절, 단골 맥줏집 사장님 소개로 술자리를 하게 됐는데, 둘 다 술을 좋아하여 금세 절친이 됐다. 나이도 2~3살 차이라 서로 허물없이 지낸다.

지금은 김포에서 독일식 맥줏집을 운영한다.

2020년 7월 어느 날 크리스에게서 문자가 왔다.

➜ 무어 잘 지내?! 언제 놀러 올 거야?

➜ 헤이, 크리스! 너무 덥다. 장사는 어때?

➜ 한가해. 요즘도 더운데 뛰어?

➜ 매일 뛰지. 한 번 뛰어가줄까?

➔ 여기까지? 할 수 있겠어?

➔ 뛰어가면 뭐 해줄 건데?

➔ 맥주 공짜로 줄게. 아니 가게 술 다 공짜야!

➔ 정말이지?! 다음 주 월요일 오후 3시에 출발할 테니 기다려!

거리를 계산해봤다. 미용실에서 김포 크리스의 가게까지. 대략 25km. 한여름이니까 2시간 반 정도 잡고, 문제는 급수랑 도착하면 갈아입을 옷인데, 하고 생각하다 친한 동생 시원에게 전화했다.

— 오~ 시원!

— 안녕 형아!

애는 60이 돼도 "형아"라고 부를 것 같다.

— 월요일에 약속 있어?

— 없는데, 왜요?

— 크리스네 갈래?

— 오, 크리스 형 오랜만이다. 그 형네 김포라 하지 않았어요?

— 맞아, 크리스가 놀러 오면 술 공짜로 준대.

— 오! 좋아요, 가요!

— 근데 조건이 있어.

— 뭔데요?

— 뛰어가야 해.

— 안 갈래. 형 혼자 가요. 거길 어떻게 뛰어가요? 그것도 한여름에.

— 누가 니더러 뛰래?! 나 뛰는 동안 너는 중간중간 내가 마실 물이랑, 도착해서 갈아입을 옷 가지고 내 자전거 타고 가면 돼. 그리고 나도 길 모르니까 앱 켜고 앞장서면 돼. 어때?

— 좋아요!

시원은 순순히 동행하기로 한다. 초행이라 달리기 앱에서 알게 된 김포 사시는 형님께 코스를 여쭤봤다. 일단, 가양대교를 넘어와서 김포 방향으로 계속 직진하라고 하신다. 생각보다 단순하다고.

출발 전 크리스에게 문자를 보냈다.

➜ 이제 출발한다.

➜ OK. 5시부터 기다릴게.

오후 3:57, 시원을 앞세우고 출발했다. 한낮은 피했지만, 더위가 만만치 않다. 가양대교를 넘어가서 상의를 벗고 맨몸으로 달리기 시작했다. 시원은 뭐가 그리 신나는지, 달리는 앞뒤로 자전거를 타고 왔다갔다 하며 음악을 듣는지 강

바람에 취했는지 혼자 즐기고 있다.

10km 정도 달리니 갈증도 나고, 땀 범벅으로 눈이 따갑다. 중간중간 급수하며 멈추지 않고 계속 달렸다.

— 형아! 너무 시원하고 좋은데 사진 찍어줄게요!

옆에 와서 소리를 지른다.

'자전거 탄 니나 시원하지…….'

대꾸할 힘도 없어서 머릿속으로 생각만 했다.

한 시간 반 정도 달렸다. 한강을 벗어나 아라뱃길을 지나 어딘가를 달렸다(지금도 거기가 어딘지는 모르겠다). 오른쪽으로 철조망을 끼고 있는, 끝없는 직선 코스다. 달려도 달려도 끝이 없으니 처음으로 크리스와의 약속을 후회했다. 시원은 여전히 자전거 위에서 낭만에 빠져 있고. 그런 시원과 크리스를 향한 호언장담에 오기가 생겼다.

'내가 오늘 한국인의 근성을 보여준다!'

김포 아울렛을 지나 잠시 코스를 이탈했다. 지나가는 분에게 길을 묻고는 다시 출발. 그 잠깐의 멈춤이 얼마나 시원하고 달콤하던지!

김포 시내인지 아무튼 지역 버스가 보이고, 아파트 단지를 지나니 다시 기운이 올라온다. 이제는 시원이가 엉덩이가 아픈지 고통스러워한다. 그 모습이 나를 즐겁게 했다. 저

인간에게도 지친 모습을 보여주기 싫었다. 얼마 지나지 않아 내게 익숙한 크리스의 동네가 보였다. 마라톤 결승선에 다가선 것만큼 설레고 심장이 뛴다.

'저 독일 놈에게 절대 지친 모습을 보이면 안 된다!'

다시 한번 다짐하고 달리는데 온몸이 소금으로 허옇다. 아무렴 어떤가, 곧 도착인데.

모퉁이를 도니 크리스네 가게가 보였다. 크리스가 문 앞에 나와 맥주가 가득 찬 유리잔을 두 개 들고 서 있다.

28.46km, 2:23:10, 평균 속도 5:02/km로 도착.

크리스가 반갑게 외친다.

— Fuck, you are so crazy!

그날, 시원과 나는 약속한 맥주와 위스키를 실컷 마시고 새벽에 택시에 실려 왔다. 자전거도 함께.

한여름에 달려본 최장 거리다. 다시 오라면……. 가게를 준다 해도 안 간다.

단상 7

2025년 12월 12일, 금요일, 05:09, 영하 7도
16.01km, 5:04/km, 146bpm, 819Cal 소모

5일 연속 달리기.

오랜만에 언덕 뛰기. 하늘공원으로 올라가서 노을공원으로 내려와 공원 둘레길을 반 바퀴 돌았다.

홍제천에서 스트레칭을 하고 있는데, 이 날씨에 맨다리에 반바지 차림의 여자분이 달려간다.

역시 강호에는 수많은 고수가 있다.

가끔은 아날로그

2025년 12월 13일, 토요일, 04:40, 영상 2도
14.01km, 4:55/km, 142bpm, 672Cal 소모

6일 연속 달리기.

대회 준비도 아닌 평상시의 이런 연속 달리기는 좀처럼 하지 않는다. 이번 경우는 특별한 계기가 있었던 게 아니라, 그냥 뛰다 보니 이렇게 되었다. 다행히 저녁에 술자리가 약속되어 있어서 내일은 운동을 하루 쉴 예정이다. 아마 오늘 술자리가 아니었으면 내일도 뛸 가능성이 컸겠지.

모든 일이 다 그렇듯 처음이 어려울 뿐, 한번 지속되면 그 관성을 끊기가 쉽지 않다.

그날그날의 달리기를 탁상 달력에 기록한다. 달린 날은 동그라미를 친 후 거리를 적고, 근력 운동만 한 날은 '근력'

이라고 메모한다. 아무것도 하지 않은 날은 공란으로 비워 둔다. 물론 달리기 앱에도 자동으로 기록이 남지만, 이렇게 달력에 직접 표시하면 방에서 오가며 그달의 운동량을 수시로 확인할 수 있어서 좋다. 공란이 많아질수록 경각심이 커지고 달력이 지저분해질수록 성실함에 기분이 좋아진다.

재미있는 점. 월말로 갈수록 하루라도 운동하지 않은 요일이 눈에 띄면 반드시 그다음 주에는 그날을 응징해준다는 것. 그 어느 요일의 세로줄도 한 달 내내 순결할 수는 없다!!

오늘 하늘공원에서 기이한 광경을 목격했다.

주말 새벽 공원은 여러 동호회 사람들이 무리 지어 달려서 활기차기 마련인데, 오늘은 아예 달리기 군단을 봤다.

노을공원에서 하늘공원으로 접어들 무렵, 앞쪽에서 여러 명의 발소리가 착착착 척척척 들리는가 싶더니, 얼핏 지나치며 봐도 3열로 40여 명의 사람이 형광 조끼를 입고 대열을 맞춰 지나가고 있었다.

마침 손전등을 끄고 달리는 중이었고, 가로등 사각지대였기에 하마터면 대열에 치일 뻔했다.

'오! 간지!' 하며 지나쳤는데, 또 한 무리가 앞에서 오기에 부딪히지 않기 위해 재빨리 손전등을 켰다.

‘뭔 일이야?’ 하는데 또, 한 무리.

그렇게 네 무리 100여 명이 넘는 사람들이 지나가고, 잠시 후, 형광 조끼를 입은 네 명이 나를 지나치며 “안녕하세요”라고 인사를 건넸다. 답례하면서 공원 입구까지 오니, 주욱 늘어선 간이 테이블들 위에 음료랑 종이컵이 잔뜩이다.

‘아, 저게 말로만 듣던 러닝 아카데미구나!’

손님 한 분이 유료로 달리기 레슨을 받는다고 했을 때, 달리기를 왜 돈을 주고 배우냐고 반문했는데……. 오늘 그 점령군 규모에 놀라고 그들의 부지런함에 한 번 더 놀랐다.

달리기 요정, 여의도 김부장님

김부장님은 여의도의 달리기 요정이다.

2022년에는 365회 달리기, 누적 거리 4,444km를 달렸다.

사람이 무언가에 미치면 요정이 된다.

2021년 1월 15일 처음 달리기를 시작한 그해는 351회 4,370km를 달렸다.

2023년 8월 29일, 장염으로 부장님의 연속 달리기가 끊겼다. 240회 2,877km를 끝으로 부장님은 다시 사람이 됐다.

달리는 지인 중 존경할 만한 사람을 꼽으라면 단연 청식과 여의도 김부장님이다. 청식은 천재성과 노력 면에서 으뜸이고, 김부장님은 집요함과 성실함에서 으뜸이다. 아니다. 사람이 956일을 하루도 안 쉬고 11,691km를 달렸으니, 김부장님은 요정이 아닌 요괴인가 보다.

이런 미친 달리기를 하는 부장님의 대회 출전은 놀랍게도 하프 대회 딱 한 번이다. 그렇게 대회를 나가자고 부추겨도 요지부동. 부장님의 신은 좀처럼 거리로 나오지 않기에, 일요일에 열리는 마라톤 대회엔 참가할 수 없었다.

마침 토요일 하프 대회가 있길래 부장님 페이서 겸 함께 대회를 나간 것이 요괴 부장님과의 처음이자 마지막 달리기였다.

요정으로 변하기 전 부장님은 수영을 꾸준히 하셨다. 하지만 탄산과 과자, 튀긴 음식을 좋아하는 식성 때문에 체질을 바꿔야 하는데, 수영으로는 부장님의 콜레스테롤과 당수치를 막을 수 없었단다. 그 찰나에 내가 마라톤을 권해드린 것이다.

2021년 1월 15일부터 여의도 공원을 새벽에 혼자 조금씩 조금씩 달리시더니 일주일, 보름, 한 달을 쉬지 않고 달리는 게 아닌가. 무릎에 무리가 가니 쉬어야 한다고 조언했지만, 누적 거리와 누적 일수가 쌓이는 재미에 빠져서 하루만 더, 하루만 더 하는 마음으로 달리기에 중독되고 말았다. 그러더니 급기야는 그해를 하루도 빠지지 않고 달리셨다. 무릎이야 그간 당연히 고장이 났다가 낫고 하는 과정을 반복했고.

그런 부장님이 어느 날 요정의 모습으로 나타나셨다.

찬란한 구릿빛 얼굴에 슬림한 몸매로.

체형 자체가 변하고, 생활 습관이 달라지는 변화를 겪으니 달리기는 부장님의 일상에서 큰 무게로 자리 잡았다. 한편 나는 부장님께 이제는 여유를 가지고 일주일 달리기 횟수와 휴식일을 지정해 운동하시라고 조언했다. 뭐, 별로 소용이 없었지만.

4개월에서 보름이 빠지는, 거의 만 3년을 쉬지 않고 달렸으니, 그 집요함과 근성을 진심으로 존경한다. 그런 부장님의 달리기에 제동을 건 것은 무릎 부상이 아닌 장염이었다!

모든 달리는 이들에게 충고한다.

달리기는 인간도 요정으로 춤추게 하지만, 장염은 그 모든 것의 정점과 끝이다. 요즘 김부장님은 여유를 가지고 주 4~5회 여의도 공원을 달린다. 하지만 956일의 위대한 달리기 여정은 부장님 인생에서 가장 빛날 멋진 기록이다.

보상은 있다

2025년 12월 16일, 화요일,
07:41, 영상 2도

3일 연속 게으름.

아직 침대에 누워있다. 밖은 점점 훤하게 밝아오는데 나가기가 싫다. 이틀을 쉬었더니 몸이 정체되어버린 느낌. 누운 채 공원으로 가는 경로를 떠올려본다. 한강까지의 3km가 정말 귀찮다.

오늘은 미용실 예약도 없다. 좀처럼 흔치 않은 경우인데 올해는 예약이 없는 날들이 한 달에 한두 번은 생긴다. 경기가 좋지 않고 자영업자들이 모두 힘들다는 구실보다는 나에게 문제가 있는 게 아닐까 생각하게 된다. 이 무력감을 떨쳐낼 방법은 바깥 공기뿐. 이 점도 잘 알고 있다. 하지만, 나가기 싫다. 어제는 휴무일이라 게으름을 피우며 어제의 운동을 오늘로 미뤘다.

하루종일 집 안에서 밥 먹고 한 일이란 게 일본어 공부 1시간, 낮잠 4시간, 넷플릭스 시청 4시간 30분, 독서 3시간.

나열하고 보니 뭔가를 하긴 했는데, 낮잠과 넷플릭스에 너무 많은 시간을 소비했다. 아니 넷플릭스에. 12시간 반 중, 어째서 단 한 시간도 운동에 할애하지 않았을까? 어제의 나는 오늘의 내게 양보했고, 오늘의 나는 같은 구실로 내일의 나에게 양보할 참이다. 이러는 중에도 시간은 30분이 지났다.

젠장……. 나가보자.

08:47 출발.

13.02km, 4:49/km, 138bpm, 633Cal 소모

5km 지나니 비가 오기 시작했다. 억지로라도 나온 덕분에 겨울비를 맞는 호사를 누렸다. 한편, 비를 핑계로 홍제천 스트레칭을 생략할까, 잠깐 고민하다 오늘의 꾀부림은 아침으로 충분하다고 질책하며 모든 과정을 마무리했다.

개운하다. 예약 없는 하루지만 오늘도 해야 할 일은 많다. 일단 씻자.

학이시습지 불역열호

고등학교 1학년 때 담임이 한문 선생님이었다. 2학년이 되어 문과로 가면 그 선생님께 한문을 1년 더 배워야 하고, 이과를 선택하면 내 인생에 더 이상의 한문은 없을 예정이었다. 조금의 망설임도 없이 스스로 이과를 선택했다.

전혀 가능성이 없는 수학, 물리보다 한문이, 아니 한문 선생님이 더 싫었다. 삶에 '만약'이란 것이 있어서 1학년 담임이 한문이 아니었다면 나는 문과를 택했을 것이다.

당시의 선택이 지금의 나를 있게 했다면, 선생님께 약간의 감사함도 있으니 인생은 참 아이러니하다.

4년 전, 한자를 공부해보고 싶다는 마음에 교재를 사서 두 달 정도 익히다 포기했다. 뭐든 혼자 한다는 것은 대단한 노력을 요한다. 그렇게 한자 교재는 가게 캐비닛 안에서 몇 년간 잠자고 있었는데, 10월인가 뜬금없이 일본어를 공부해볼까 하는 생각이 들었다. 일본어는 대학 때 교양으로 한 학기 접했다. 배웠다는 말을 쓰기가 민망하게 수업을 안 들어갔으니 접했다는 표현이 정확하다. 아마 히라가나도 제대로 못 외운 것 같다. 갑자기 왜 일본어가 하고 싶었는지는 지금도 잘 모르겠다. 다만, 10월부터 집중해서 히라가나와 가타가나를 외우고 한자들을 다시 익혀서 노트에 끄적이는 게 꽤 재미있다.

어느 날, D형님께 일본어를 공부하고 있다고 말씀드렸더니 "한 달간 혼자 해보고, 그래도 계속하겠다는 의지가 생기면 내가 가르쳐주겠네"라고 하신다.

강호에나 있을 법한 말씀을 하시더니, 정말로 한 달 후, 형님은 나의 '센세'가 되셨다.

— 모름지기 공부에는 목표가 있어야 하니, 그래 무슨 목표로 공부하겠나? 그래야 내가 거기에 맞춰서 수업하지.

— 시험을 볼 것도 아니고, 여행 가서 불편하지 않을 정도의 일상 회화면 족하지 싶습니다.

— 일상 회화도 단계별 수준이 있으니……. 그럼 이렇게 하세. 1년 뒤, 우리는 자네가 가고 싶은 일본 소도시의 선술집에 가는 거야. 모든 주문과 주인장과의 대화는 자네가 주도해야 하고. 어떤가?

— 센세, 가르침을 받들겠습니다!

이렇게 학습 목표를 정하고 한 달에 두 번씩, 총 6시간의 가르침을 받고 있다. 가타카나에 익숙해지라고 서울 지하철 노선도의 일본어 버전을 보내주시고, 일본 초등학생들이 사용하는 한자 자료 또한 보내주셨다. 또한 일상어를 익히려면 식사가 도움이 되니 수업마다 식사를 병행하고, 단어와 특히 동사를 공부하느라 교재와 화이트보드 그리고 노트북까지 동원하는 등 수업 3시간이 순식간에 흘러간다.

가르침과 배움은, 배우는 자의 태도 못지않게 가르치는 분의 교수법이 중요하다.

요즘은 센세께 감사할 따름이다. 부담 없는 학습량에 한문 선생님처럼 매질도 안 하시니.

일부러 시간도 내주시고 거기에 무료 수업이라니!

하루하루, 학이시습지 하니 불역열호아다.

단상 8

2025년 12월 18일, 목요일, 04:32, 영하 3도
18.05km, 5:06/km, 150bpm, 933Cal 소모

잠이 안 와서 3시간 반을 뒤척이다 일어났는데 의뢰로 몸이 가벼워서 오랜만에 집중해서 달렸다. 어쩌면 뇌가 덜 깨어서 그랬는지 자잘한 생각들이 들지 않았다.

몽키 매직

2025년 12월 19일, 금요일, 05:40, 영하 2도
10.04km, 5:44/km, 135bpm, 518Cal 소모

특별한 달리기를 하고, 특별한 스트레칭을 한, 아주 고무적인 날이다.

알람을 끄고 1시간을 더 잤다.

어제, 이것저것 신경 쓸 것들이 좀 있어서 그랬는지, 몸보다 머리가 더 피곤했다. 주섬주섬 챙겨 입고 오늘은 천천히 편안한 호흡으로 달려야겠다는 마음으로 출발했다.

중간중간 시계를 보며 계속 속도를 확인했다. 생각에 빠지거나 주변 사람을 신경 쓰면 나도 모르게 속도가 빨라진다. 그러면 의도와는 다르게 또다시 저돌맹진이 되어버려 오늘 달리기의 의미가 없어진다.

일정한 느림을 유지하기 위해 자세와 편안한 호흡에 집

중하며 달렸다. 사실 오늘 달리기의 특별한 의미는 없다. 생활의 한 부분으로 달리기를 하지만 시간이 지날수록, 달리는 행위 자체가 아닌 속도와 거리에 집착하게 되니 즐거워야 할 달리기가 매일매일의 숙제로 느껴져서 그 흐름을 한번 끊고 싶었다. 가쁜 호흡 끝에 오는 성취감이 아닌 편안한 여유로움의 만족감.

너무 여유를 부려서 근육 부담도 없으니 오늘은 스트레칭을 생략할까 하다, 스트레칭도 여유 있게, 하는 마음으로 멈췄다. 홍제천 친구는 이미 나와 계시고.

스트레칭을 하고 철봉 앞에 섰다. 일단 정자세로 열 개를 하고 스트레칭.

다시 철봉 앞에 선 후, 평상시대로 턱이 아닌 뒷목으로(목 뒤에 바가 위치하게) 올라갔는데, 내려오기가 싫었다. 그 상태로 버티고 있는데, 어렸을 때 철봉에서 놀던 기억이 떠올라 시험 삼아 목을 내리면서 발을 올렸더니 발이 바와 몸 사이로 올라가는 게 아닌가?!

'어, 이게 되네!' 하는 생각에 다리를 철봉에 걸쳤다. 손만 놓으면 거꾸로 매달리기다. 하지만 손을 놓기엔 철봉이 너무 높았다. 제일 높은 곳에 매달린 건데 혹시 떨어지면 어쩌나 하는 염려에 손을 놓지는 못했다. 그냥 그 상태로 다리를 구부려 한 바퀴를 돌았다.

'헉! 이것도 된다고?!'

그리고 다시 되돌려서 원래 자세로 돌아왔다.

일단 착지.

살짝 흥분.

'30여 년 만에 처음 해봤는데 이게 가능하다니.'

스트레칭을 하고 정자세로 올라가 똑같이 해봤다. 조금 더 유연하게 움직인다.

한 번 더!!

역시 된다. 좋아, 이제는 다음 목표가 생겼다.

내일이든 모레든, 다음에는 낮은 철봉에서 거꾸로 매달리기를 도전하자. 그다음 목표는 거꾸리에서 윗몸일으키기다!

오늘의 성과를 친구에게 톡으로 보냈더니 '몽키 매직'이라고 답이 왔다.

오늘 저녁 송년 모임이 있는데, 내일 나의 몽키 매직을 위해서 최대한 술을 자제한다!!

Paris

러시아 월드컵이 한창이던 2018년 7월에 파리에 갔다. 결승전 날도 파리에 있었는데, 놀랍게도 프랑스가 우승했다. 월드컵 우승을 한 날, 우승국의 수도에서 그 열기를 맛본 것만 해도 평생 잊지 못할 추억이다.

파리에 있는 일주일간 매일 아침 달렸는데, 7월 16일 결승전에는 심상치 않은 분위기와 열기로 달리는 중간에 호텔로 돌아와야 할 만큼 파리가 들썩였다.

파리의 달리기는 낭만 그 자체이다. 새벽의 오줌 지린내만 빼면.

15구에 있는 라 모떼 어쩌고(La Motte Picquet Grenelle)

하는 지하철역 바로 앞에 호텔을 잡았는데, 호텔에서 에펠탑까지의 거리는 2km가 안 되고, 에펠탑이 있는 '샹 드 마르 공원'까지는 1km 거리여서 조금만 걸어 나가면 에펠탑 전면이 보였다.

아침 조깅의 백미는 호텔을 나서며 에펠탑을 지나 센강에 도달하기까지의 순간이다.

알록달록한 다양한 색깔의 옷차림을 한 러너들이 골목 골목에서 툭툭 튀어나와 종국에는 일렬로 에펠탑을 좌측에 두고 센강으로 직진한다. 그리고 중간중간 돌아오는 러너들.

'와, 이건 마치 내가 나이키 광고 속에 들어와 있는 것 같잖아!'

딱 이런 느낌!!

일주일간 나의 달리기 코스는 에펠을 지나 센강을 따라 계속 직진하다가 시테섬의 노트르담 대성당 마당에서 턴 하여 돌아오는 왕복 13.5km 경로였다. 그렇게 노트르담 대성당을 매일 같이 달려갔지만 정작 내부는 한 번도 안 들어가 봤다.

누가 내게 노트르담을 가봤냐고 물으면 답하기가 애매하다. 가긴 갔는데, 성당은 바로 눈앞에서 봤는데, 입장객들

줄 서 있는 것만 보았으니…….

한번은 시테섬에 못 미쳐서 루브르 박물관으로 빠졌는데, 러닝복 차림으로 자그마한 동양인이 루브르 마당을 어슬렁거리니 한국인을 비롯한 온갖 국적의 관광객들이 사진 찍어달라고 휴대폰과 카메라를 맡겼다.

만만해 보이고 소매치기 깜냥은 없어 보인 듯.

요즘 에펠탑에서 열쇠고리를 파는 ‘파코’라는 친구가 유창한 한국말로 관광객들 사진 찍어주기로 유명하다고 했다. 유튜브에서 봤더니 비슷한 분위기였다.

그렇게 사진만 찍어주고 루브르 박물관 역시 들어가 본 적은 없다.

마침 그때가 월드컵 기간이기도 하고 프랑스 독립 기념일도 있어서 아침에 센강을 나가면 대테러 부대 같은 경찰들이 무장한 채 2~3명씩 센강을 순찰하곤 했다. ‘덕분에 안전하군’ 하고 달리는데, 강변에 철봉이 있는 지점이 몇 곳 있어서 턱걸이를 했다. 그러면 꼭 지나가던 사람들이 멈춰 서서 구경한다. 호빗만 한 체구에, 호빗만큼 나이를 가늠할 수 없는 동양 남자가 웃통 벗고 운동하니 신기해 보였을지도. 혼자였으면 뻘쭘했을 텐데, 주변에 요가 매트 깔고 기묘한 자세로 운동하는 사람들이 적지 않아 위안이 됐다.

사실 유럽에 가면 항상 신경 쓰면서 긴장하는 게 있다. 소매치기도 사기꾼도 아닌 인종차별이다.

언어가 안 통하니 차별인지도 모르며 당하는 차별, 피부로 느껴지는 시선들에 민감했는데, 유일하게 파리에서 그들의 태도에 둔감해졌고, 그 시선들을 내가 무시했다. 원동력은 역시, 달리기의 자신감이다.

어느 곳을 여행하든 그곳을 한 번 달려보길 권한다. 그러면 그곳은 곧 내가 지배하는 공간이 된다!

인종주의자가 제일 싫다.

Tokyo

도쿄에 갈 때면 항상 시부야에 숙소를 잡는다. 공항 이동도 수월하고 편집숍 쇼핑이 주목적이라 대중교통을 이용하지 않고 걸어서 하라주쿠나 오모테산도를 돌아다니기 편하다. 그리고 무엇보다 요요기 공원이 가까워서 아침에 운동하기가 아주 좋다. 그렇기에 호텔은 시부야 스크램블 교차로를 내려다볼 수 있는 곳으로 예약한다. 약간의, 아니 제법 넉넉한 사심이 있다면, 달리는 시간은 직장인들이 한창 출근할 때인 7시가 가장 좋다.

등에 크게 SEOUL이라고 쓰인 운동복을 입고, 스크램블 교차로의 출근 인파를 헤치고 요요기 공원으로 달려갈 때의 짜릿함은 마치 독립군이 된 기분이다.

요요기 공원 자체는 아주 작다. 공원을 중심으로 아무리 크게 돌아도 3km 정도. 옆에 메이지 신궁까지 크게 돌면 제법 거리가 나올 텐데, 그 시간에는 메이지 신궁을 들어갈 수가 없다.

호텔에서 공원 입구까지 1km가 조금 넘고, 공원을 세 바퀴 정도 돌고 다시 호텔로 돌아오면 대략 11km가 나온다. 포인트는 출근 시간이 끝나기 전에 돌아와야 한다. 비장하게!!

가끔은 운동부 청소년처럼 보이는 아이들이 단체로 공원을 도는데, 그럴 때면 아이들을 따라가기도 한다. 때로 집요하게 반복해서 공원을 도는 사람을 보면 역시 뒤에 바짝 붙어서, 하지만 상대가 불편하지는 않게, 적정 거리를 유지하며 같이 달린다. 이렇게 도쿄에 갈 때마다 요요기 공원을 뛰다 보니 자연스레 공원 제일 가장자리를 따라서 나만의 오솔길 코스를 만들게 되었다. 비탈진 흙길에 거친 나무뿌리가 노출된 곳도 많지만 그것도 나름 스릴이 있어 좋다.

언젠가 달리기를 마치고 근처 샌드위치 가게에 들렀다. 땀 범벅이 된 채 주문하니 처음엔 현지인으로 착각하다가 나의 말투와 등의 글씨를 보고 자기들끼리 캉꼬꾸진 어쩌고 하며 말하길래, 떠들거나 말거나 어쨌든 난 못 알아듣는 데

다, 나의 자신감과 자만심이 극에 달했기에 전혀 거슬리지
않았다. 이미 요요기 인근은 나의 공간이었으니.

Bangkok

방콕은 내가 가장 좋아하는 도시다.

느긋하고 자유롭고.

치앙마이의 구도심이 외부와는 별개로 시간이 멈춘 느낌
이라면 방콕은 뭔가 바쁜데 곳곳이 여유롭다.

그 중심에 룸피니 공원이 있다.

아침과 저녁에는 공원을 따라 달리는 사람들로 모든 공원
길이 가득 찬다. 처음 룸피니 공원에 갔을 때 목도했던, 현
지인이나 관광객 할 것 없이 달렸던 장면은 정말이지 흥분
그 자체였다.

'이렇게 많은 사람이 달린다고?!'

룸피니 역시 달리기 코스로 보면 그렇게 큰 공원은 아니다. 넓고 크게 한 바퀴 돌면 3km 정도의 거리지만 넓은 호수가 있고, 나무와 숲이 울창해서 잘 정비된 밀림을 달리는 느낌이다. 특히나 호수 주변 길에 곧잘 보이는 거대한 왕도마뱀은 여기가 도심 한가운데임을 잊게 만든다. 공격적이진 않지만 절대 만져서는 안 되는 공원의 명물이다. 사실 만지고 싶은 마음이 절대 생기지 않는 크기에 외모도 무섭다.

룸피니 공원을 크게 세 바퀴 돌고 숙소로 돌아오면 대략 10km의 거리가 나온다. 어차피 아침 식사 후의 수영과 하루 일정을 고려하면 10km가 적당하다.

방콕의 하루는 이른 새벽 룸피니의 10km 달리기 후, 숙소로 돌아오는 길 곳곳에 있는 꼬치구이와 조식을 먹기 전 마시는 식전 맥주로 시작된다. 이 의식은 씻기 전 한 캔, 씻고 나와서의 한 캔이 중요하다. 씻기 전의 맥주는 갈증 해소를 위해, 씻은 후의 맥주는 여행 아침의 나른함을 위함이다.

최근 태국에서 오후 주류 판매 금지가 해제됐다는 반가운 소식에 설레기까지 했다. 정말 커쿤 캅이다.

할렐루야의 행복

2025년 12월 22일, 월요일, 09:37, 영하 6도
10.10km, 4:36/km, 149bpm, 514Cal 소모

바쁜 하루다.

아침 7시에 출장 예약이 있어 운동은 오전으로 미뤘다. 두 달 주기로 월요일이 되면 커트와 펌을 해드리러 손님 댁에 방문한다. 항상 새벽 2시면 일어나는 분이셔서 가능한 한 일찍 방문해주기를 원하신다.

며칠 뒤 해가 바뀌면 99세가 되는, 은퇴하신 목사님의 사모님인데, 목사님은 5년 전 12월 24일에 99세로 돌아가셨다. 방문할 때마다 사모님의 기력이 쇠해짐을 느끼지만, 아직은 다리 힘만 없지 무척 정정하시다.

최소 105세는 거뜬하실 체력과 정신력이다. 인터넷 쇼핑

도 직접하시니 말해 무엇하랴. 오늘도 뛰고 왔냐고 물어보셔서 사모님 머리 해드리고 나서 운동 갈 거라고 말씀드리니 대단하다며 활짝 웃으신다.

반평생을 연남동 단독주택에 사시다가 목사님 돌아가시고 주택 관리도 어려워지자 홍제천 건너편 아파트로 이사가셨다. 방문드릴 때마다 동네 소식을 궁금해하신다. 골목에 또 뭐가 새로 생겼고 뭐가 없어졌는지.

오늘은 단골인 서 장로님 얘기를 해드렸다.

내년에 65세가 되시는 서 장로님은 아주 독실한 개신교 신자로 미용실 오픈 초기 단골이셨으니 13년간 인연을 맺고 있는 셈이다.

은행에서 은퇴하시기 전에는 2주에 한 번씩 커트하러 오셨고, 은퇴 후에는 3주에 한 번, 목요일에 커트를 하신다. 커트 후에는 단 한 번도 빠뜨리지 않고 사진을 두 컷씩 꼭 찍는다. 자그마치 13년간 장로님 당신의 표정을 고스란히 간직하고 계신다. 또한 장로님은 13년간 단 한 번도 빠뜨리지 않고 2주에 한 번씩 전도지를 가져다주신다. 내가 가게에 없으면, 문틈으로 넣으신다. 그리고 난 13년간 그 전도지를 단 한 번도 읽지 않았다. 장로님의 신앙을 무시해서가 아니다. 나 또한 모태 신앙이었기에 알 만큼 아는 내용이어서 굳이 읽지 않고 그저 한쪽에 쌓아 놓았다가 분리수거 할 때 버린다.

전도지 배달은 내게도 이미 일상이 되어서 '이때쯤인가?' 기다려지곤 한다. 장로님과 나만의 일종의 의식인 셈이다. 중요한 건 내가 전도지를 읽지 않고 쌓아두었다가 버리는 걸 장로님은 모르신다는 사실. 어느 날 장로님이 물으셨다.

— 최 원장, 내가 갖다주는 말씀 다 버리는 거 아니야?

— 아뇨, 버리긴요! 새겨읽고 있습니다.

선의의 거짓말을 했다.

근래 2~3년 동안 장로님의 취미는 영화 관람이었다. 한 달 평균 10~15편의 영화를 극장에서 관람하신다. 웬만한 개봉작은 개봉일에 맞춰서 보시고 장르도 구분하지 않으신다.

— 어제 <아바타 3> 개봉했는데 봤어?

— 아, 맞다 아바타 개봉한다고 하더니, 어제였어요? 전 아직 못 봤어요. 보셨어요?

— 난 당연히 봤지. 3시간이 지루할 틈이 없어. 잘 만들었어.

— 어제 보셨어요?

— 응, 개봉일 맞춰서 봤지.

— 에? 어제 수요일인데, 교회는요?

— 아, 영화 봐야 하니까, 목사님한테 야근한다고 거짓말하고 극장 갔어.

황당하고 어이가 없어서 정말 크게 웃었다.

— 영화 때문에 예배 참석을 안 하셨다고요? 그것도 거짓말하고?!

— 바쁘면 못 갈 수도 있고 그런 거지. 하나님은 다 이해하셔. 교회에만 계신 게 아니니까. 바쁜 일 있으면 주일 예배도 빠질 수 있지. 얼마나 바쁜 세상이야.

— 근데 일이 아니라 영화 보신 거잖아요. 그것도 야근 핑계로 거짓말하고.

— 그럼 목사님한테 영화 보러 간다고 해?! 아바타 같은 영화는 개봉일에 봐야 해.

— 장로님 너무 자기 합리화 아니에요?!

— 아니야, 내가 합리화하는 게 아니라 다 마음속에 믿음이 있고 그런 거니까 괜찮아. 다 이해하셔.

여의도 달리기 요정님은 일요일 예배 참석 때문에 마라톤 대회도 안 나가는데, 어쩌면 장로님의 신과 여의도 달리기 요정님의 신은 각각 다른 곳에 임하시는지도 모르겠다.

아무튼 장로님의 자기 합리화로 나 또한 전도지를 버리는 것에 대한 죄사함을 받았다고 생각한다.

이 이야기를 들은 사모님은 아주 크게 껄껄 웃으신다.

여의도 달리기 요정님, 서 장로님, 사모님 세 분은 모두 같은 신을 믿지만 서로 다른 방식으로 신을 섬기신다. 하지만 신앙의 본질은 같으리라.

출장 후 옷을 갈아입고 한강으로 나갔다. 뛰는 내내 서 장로님 자기 합리화에 웃음이 났다. 그리고 장로님의 신앙만큼 취미 생활을 향한 열정을 진심으로 존경한다.

지난 추석, 장로님은 아침 일찍 극장에 가셨다. 영화가 너무 재미있어서, 같은 영화를 두 번 연달아 보시고는 내친김에 다른 영화 한 편을 더 보시고 밤에 귀가하셨단다. 그랬더니 사모님이 "당신 미쳤어?"라고 한마디 하시더란다.

목사님 사모님도, 서 장로님도, 두 분 모두 오래도록 당신들의 삶을 사랑하시기를 바란다. 장로님은 며칠 전 외할아버지가 되셨다. 더욱 행복 가득한 삶이 되기를.

그리고 오늘 나는 철봉 거꾸리에 성공했다.

할렐루야.

달리기 매너

2025년 12월 26일, 금요일, 05:28, 영하 12도
13.01km, 4:56/km, 151bpm, 672Cal 소모

춥다.

레깅스에 기모 바지, 긴 팔 티셔츠에 트레이닝 상의를 걸친 다음 그 위에 기모 후드를 입고, 스키 장갑까지 착용. 뛰는 동안은 전혀 추위를 못 느꼈는데, 집에 돌아오니 상의와 장갑이 흠뻑 젖어 있었다. 아, 장갑 말리려면 일주일 걸리는데…….

스트레칭 시간은 평소의 반으로 줄였다. 생략하기엔 허전하고 평상시만큼 하기엔 땀이 식어 감기 걸릴까 하는 염려에.

날씨 탓인지 한강에도 공원에도 거의 사람이 없었다.

한강에 접어드는 순간, 성산대교 방면에서 난지 쪽으로

러너 한 명이 빠르게 지나갔다. 같은 방향이기에 일정한 거리로 따라갔다. 저분은 어디까지 갈까, 하며 난지 캠핑장에 이르렀다. 곧 나는 계단을 뛰어 노을공원으로 올라갈 생각인데, 그분이 가양대교 방향이 아닌 캠핑장 방향으로 몸을 트는 것 아닌가. 순간 난감해졌다. 의도치 않게 내가 코스를 똑같이 일부러 쫓아가는 상황이 된 터. 혼자 당황해하는 찰나, 그분은 턴 해서 오던 길로 돌아가고 난 계단을 올라가 하늘공원 메타세콰이어 숲으로 달렸다. 그분이 턴 하고 몇 초 차이로 마주치는 순간 "안녕하세요" 하고 인사했는데 대답이 없다. 내가 뒤에서 따라오는 걸 의식했거나 아예 몰랐거나 두 가지 경우 중 하나.

이런 상황이 난감하다. 달리는 사람들이 제법 있으면 각자 다양한 코스로 동선이 겹치기도 하는데, 오늘처럼 단둘이 달리다 코스가 겹치면 뒷사람이 경쟁적으로 따라오는 형국이라 서로 불편해진다. 앞 사람은 뒤에서 비슷한 속도로 쫓아오니 페이스를 올릴 테고, 뒷사람은 '나 너 쫓아가는 거 아니야' 하는 마음에 추월하려고 속도를 높이면 그때부터 서로 원치 않는 본격적인 레이스가 시작된다.

오늘도 그런 상황이 벌어질까 봐 일정한 거리를 유지하고 달렸는데, 앞에서 페이스를 늦추는 바람에 간격이 점점 좁

혀지다가 1m에 이른 것이다. 그제야 나를 의식했는지 그분
이 다시 페이스를 높였고, 이번에는 내가 페이스를 낮췄다.
만약 그분이 계단으로 노을공원에 진입했다면 나는 아마 가
양대교로 달렸을 듯. 어렵다.

춘천 마라톤

춘천 마라톤은 2018년에 처음이자 마지막으로 뛰었다. 그날의 현장 상황과 기분을 7년 전, 블로그에 적었는데, 그 내용을 토씨 하나 틀리지 않게 그대로 옮겨보았다. 나의 세 번째 풀코스이자 최저 기록을 남긴 대회라 기억하고 싶다.

춘천의 가을

2018년 10월 28일
아침에 일어나자마자 호텔 창을 열고 날씨를 확인했다. 앱에는 강수 확률이 오전 9시 60%라고 되어 있다.

낮은 하늘에서 느껴지는 차가운 새벽 공기가 상쾌했다. 19일간 금주하며 컨디션도 최상으로 끌어 올렸다.

대회 시작 40분 전, 빗줄기가 굵어지기 시작하고 낮은 기온에 몸이 굳어진다. 제자리 뛰기를 하며 체온을 높이기 시작하는데, 주변 분위기에 서서히 흥분된다.

'오늘은 소변만 참으면 가능성이 있다!'

속으로 다짐하며 출발한다. 항상 25km~35km 구간이 고비이다. 몸은 이미 빗속에서 흠뻑 젖었고 양말까지 질척거리는 상태다. 모든 사람이 동일한 조건임을 위안으로 삼으며 묵묵히 뛴다.

바로 앞에 3:20 페이서가 가고 있다. 20km 구간 급수대 그냥 통과.

25km까지 그냥 달리기로 결정.

하프 1:41:38 통과.

나쁘지 않다. 아직 컨디션도 좋고. 그런데, 소변이 마렵기 시작한다. 그냥 길에서 뒤돌아 소변을 보는 주자들의 유혹을 떨치기 어렵다. 25km에서 급수하고, 소변도 보자고 생각하고 계속 달린다. 소변이 마려우니 집중도 안 되고, 자세도 흐트러지고 다리는 점점 무거워진다. '100m 앞 25km 급수' 표지가 보이고 간이 화장실 2개도 보인다. 주자 한 명이 화장실로 들어가는 것을 달리면서 보고 제발 대기자가 없기를 간절히 바란다. 힙색에서 파워젤을 하나 뜯어 대충 짜 먹고 물을 마시고 그대로 화장실로 뛰었다. 다행히 아무도 없다.

'아 시간이 너무 지체된다. 줄기가 줄어들 기미가 없다. 멈출 수도 없고.'

한결 가벼워진 몸으로 다시 주로로 들어섰다. 3:20 페이스 메이커는 아마도 1km 이상 앞서 있을 듯하다. 몸은 가벼운데 허벅지가 무거워지기 시작한다. 나만 뒤처지는 느낌인데 좀처럼 속도를 올릴 수가 없다. 계속해서 몰려오는 걷고 싶은 유혹을 떨쳐낸다.

'이대로 35km만 가자! 이 구간만 벗어나면 무의식적으로 뛸 수 있다!'

혼자 계속해서 다짐한다. 이 시간대 항상 드는 생각들.

'그런데 난 왜 달리지?'

'이 힘든 걸 왜 또 시작했을까?'

답은 찾을 수 없고, 다들 묵묵히 꾸준히 달린다. 다른 누군가의 시선으론 나도 저 무리의 일원일 테지.

35km 통과. 3:01:44.

비관적인 생각이 든다. 3시간 안으로 달렸어야 하는데.

앞에 한 무리의 사람들이 나를 추월해 나간다. 3:40 페이스 메이커를 둘러싸고 달리는 사람들이다. 순간, '합류하자!'는 생각이 들었고, 바로 속력을 높여 무리에 끼었다. 다행히 속도가 유지되었고, 페이스가 올라오기 시작한다. 무슨 일이 있어도 이 무리를 벗어나면 안 된다. 포기한 주자들이 눈에 띄기 시작했고, 걷는 사람들이 점점 많아진다. 이 속도로 완주할 수 있겠다는 자신감이 생긴다. 36, 37, 38km……. 치고 나갈까 하는 생각이 들었지만, 40km까지 속도를 유지하기로 하고 그냥 일정하게 달린다. 이미 에어팟 배터리는 방전되고, 옆 주자의 숨소리만 거칠게 들리는데, 오히려 그 소리가 더 자극이 되었다.

41km! 치고 나가자! 응원하는 시민들이 모두 나를 응원하는 듯하다. 이 구간의 힘은 어디에서 나오는지 모르겠다. 고통도 없고, 희열만 있다.

골인.

끝났다.

3:43:19.

어떤 기분이냐면, 뭐든지 먹어 치울 수 있는!!

2018년 춘천의 가을은 축축하지만 짜릿했다.

이 글은 읽을 때마다 낯간지럽다. 동시에 정말 천둥벌거숭이처럼 뛰었구나, 하는 생각이 든다. 그래도 그 비를 다 맞아가며 완주했으니 대견하기도 하다.

이 대회에서 나의 가장 큰 실수는 급수에 있었다.

아직 초보라 연습량은 현저히 부족했고, 소변 문제는 경험적으로나 심리적으로 극복하지 못했다고 하더라도 10km마다 물을 마시지 않은 것은 다시 해서는 안 될 행동이다.

언젠가 김포 달리기 형님이 이렇게 조언해주셨다. "물은 최소 10km마다 마셔라. 목이 마르지 않더라도 마셔라. 갈증이 느껴지는 순간은 이미 늦었다."

당시는 김포 형님을 뵙기 전이었으니, 오만하게 25km를 칼로리 보충도 안 하고 무급수로 달려서 중반 이후 체력이 급격하게 떨어진 것이다.

소변 문제는 심리적인 면이 크다. 지금도 출발선에 서면 금방 화장실을 다녀왔음에도 긴장해서 요의를 느낀다. 방법은 하나. 그냥 무시하기!

달리는 중, 소변 때문에 화장실을 세 번이나 간 대회도 있었으니 그나마 양호했지만 역시 극복해야 할 부분이다.

19일간 금주하며 컨디션을 최상으로 만들었다는 이야기에서는 저런 시절도 있었구나, 하는 생각에 웃음이 난다.

요즘은 대회를 앞두면 3개월 금주를 시작하니 19일의 금
주는 애교라고 해야 하나……. 하지만 금주 기간과 몸 상태
의 상관관계는 정확히 비례함을 이미 경험으로 체득했다.

어설프고 치기 어린 그날의 기록이지만 그 또한 벽돌 쌓
기의 중요한 과정으로 여긴다.

단순하지만 지루하지는 않아

2025년 12월 27일, 토요일, 04:36, 영하 9도
15km, 4:49/km, 167bpm, 803Cal 소모

4시 알람.

일어나기 싫다.

영하 9도.

일어나기 싫다.

8시 반, 첫 손님.

일어나기 싫다.

미세먼지 좋음.

젠장 꾸역꾸역 일어났다.

양치와 세수를 하고 주섬주섬, 느릿느릿 옷을 입고 스트 레칭.

'일어났으니 나가야지 뭐' 하는 마음으로 밖으로 나왔다. 생각보다 덜 춥다. 어제는 너무 껴입어서 몸도 둔하고 더웠 는데 레깅스랑 상의 하나 덜 입었다고 단출한 느낌이다.

오랜만에 공원이나 한 바퀴 크게 돌 생각으로 하늘공원으 로 갔다. 주말인데도 이른 시간이라 그런지 맞은편에서 달 려오는 러너 한 분, 길가에 나와 있던 고라니 외에는 크게 한 바퀴 도는 동안 아무도 없었다. 그마저 그분도 한 바퀴만 돌았는지 아니면 직선 코스만 왕복 중이었는지 다시 마주 치지 않았다. 복장이나 속도를 봤을 땐 인터벌 훈련 중인 것 같기도 했다. 그러고 보니 나는 템포런, 인터벌, LSD 같은 근사한 이름이 붙여진 훈련을 해본 적이 없다. 그냥그냥 그 날의 컨디션에 따라 긴 코스든, 짧은 코스든, 비슷한 패턴으 로 단순하게 뛴다. 다만 코스의 마지막 3분의 1~5분의 1구 간만 최대치로 속도를 높이는 게 전부다.

어쩌면 이런 단순함이 내 기록의 한계인 듯하기도 하지 만, 즐기는 달리기가 제일이라고 오늘도 스스로 다독인다.

갈까 말까 고민되면 가는 거야!

2025년 12월 28일, 일요일, 21:15, 영상 3도
13.09km, 5:03/km, 137bpm, 637Cal 소모

어제 일과가 바빠서 피곤했는지 새벽에 못 일어났다. 어쩌다 보니 이번 달은 일요일을 단 하루도 뛰지 않았다. 기이하다. 어떻게 빠트릴 수 있었지?!

오늘 역시 바쁜 하루로 맥주나 한 캔 하고 일찍 쉬고 싶은 마음이 간절했다. 오늘 밤에 뛰나, 몇 시간 뒤 새벽에 뛰나 무슨 차이가 있겠나 하는 갈등이 컸다. 하지만 어쩌겠는가……. 달력의 세로 공란을 만들지 않겠다는 규칙을 정했으니 5km를 뛰더라도 나가야지. 이것도 강박이다. 역시 어쩌겠는가, 마음이 불편하니 몸을 희생시켜야지.

미세먼지가 '상당히 나쁨'으로 표시돼 마스크를 쓰고 나갔다. 비까지 부슬부슬 내려, 참 딱한 성격이구나, 자조할

밖에.

거리나 코스는 정하지 않고 일단 출발.

2km를 지나니 빗줄기가 굵어진다. 내심 쾌재를 불렀다.

'돌아가자! 성의는 보였으니까!'

바로 뒤돌아오다 5km는 채우자는 마음으로 비가 들이치지 않는 홍제천 고가도로 밑으로 들어갔다.

오만가지 생각을 하면서 고가 밑을 빠져나오니 비가 그쳤다.

다시 갈등.

갈까,

말까,

갈까,

말까…….

빌어먹을 강박증.

한강으로 달렸다. 비는 그쳤다. 한강에 나와보니 역시 잘했다는 생각. 간간이 달리는 사람들도 보이고 미세먼지를 제외하고는 기온도 딱 좋다. 갈팡질팡하며 망설인 끝에 거리도 얼추 13km 정도 나올 듯해서 기분이 좋아졌다.

'내친김에 스트레칭도 하고 가자!'

혹시 또 비가 올 수 있으니 불광천과 만나는 고가 밑 철봉으로 갔다. 지나기만 하고 한 번도 멈춘 적이 없는 장소다. 철봉이 나란히 세 개가 있는데 가장 높은 철봉으로 점프!

'어랏?!'

손끝만 닿고 실패.

'철봉이 이렇게 높다고?!'

2차 점프!

실패.

'내가 이렇게 작다고?!'

다행히 주위에 아무도 없어서 바로 포기.

두 번째 철봉에서 턱걸이 2세트 하고 세 번째 가장 낮은 철봉에서 몽키 매직으로 대롱거리다 서둘러 맥주 마시러 귀가.

뭔가 갈팡질팡 어수선하고 부산스러운 달리기였지만 결국 할 것은 다 한, 뿌듯하게 마무리한 하루였다.

2025년 마무리

2025년 12월 31일, 수요일, 04:51, 영하 7도
14.06+1km, 5:24/km, 153bpm, 733Cal 소모

체감 온도가 영하 13도인데 무슨 생각으로 가벼운 옷차림으로 나갔는지 모르겠다. 스스로가 정한, 기온에 따른 복장 규칙을 무시했으니, 오늘 달리기는 총체적 난국이었다.

뛰는 내내 춥고, 손은 너무 시리고, 차가운 공기가 폐를 찌르는 것 같았다. 자만 혹은 교만의 결과. 이 또한 경험이라 생각한다.

올해 마지막 달리기는 노을공원 계단 뛰기로 마무리할 생각에 계단 시작점으로 향했다. 항상 켜져 있던 계단 가로등이 오늘은 꺼져 있다. 손이 시려 주머니에 넣어 두었던 손전등을 꺼내려 잠시 멈췄다. 손전등을 켜고 공원 정상을 향해

계단을 뛰어올랐다. 추위로 위축됐던 몸이 조금씩 풀리자 심리적으로도 안정되었다. 가쁜 호흡을 몰아쉬며 불 꺼진 정상을 돌아 나오는데 시계가 조용하다.

'어라, 왜 안 울리지?'

1km 이상을 더 달렸는데 기록 측정 반응이 없다.

설마 하면서 시계를 보았다. 이런, 아까 손전등을 꺼내면서 정지시키고는 재시작하지 않았나 보다.

'젠장.'

잊었던 추위가 다시 느껴지기 시작했다. 1km 이상 달린 거리, 특히나 계단 구간이 기록에서 누락되다니. 실망과 자책이 번갈아 일었다.

시계 재시작을 누르고, 손전등은 다시 주머니에 넣은 채 장갑 안에서 주먹을 오므려가며 뛰기 시작했다. 한 해의 마지막 달리기가 이렇게 처참하니 비루하다는 생각마저 들었다. 일단은 빨리 집으로 가서 뜨거운 물에 샤워하고픈 마음이 간절했지만, 어쨌든 남은 거리만큼은 뛰어야 돌아갈 수 있으니, 체념이 곧 평정심이 되었다.

올해의 마지막 날도 달리기로 마감했다. 이 새벽이 깔끔하지는 못하지만, 그래도 나름대로 의미 있다고 위안하며 홍제천 스트레칭까지 마치고 너덜너덜 돌아왔다.

내일 새해 첫 달리기는 따뜻하게 시작하리라!

러너는 멈추지 않는다!

올 한해 2,956km를 달렸다.

무라카미 하루키의 표현을 빌리자면 열심히는 아니지만 '꾸준히 성실하게' 달렸다고 생각한다.

대회 준비에 여념 없던 연초, 몰아 달리기, 한여름의 나른한 달리기, 대회가 없었던 가을 겨울의 느긋한 달리기. 이 모든 달리기의 평범한 결과물이 아니었을까.

4km의 아쉬움은 있지만, 3,000km를 채웠다면 3,100km의 아쉬움이 생길 것이다. 거리든 기록이든 욕심에는 끝이 없다. 욕심을 채우자고 달리는 것이 아니라 욕심을 버리자고 달리려 한다.

내년 그리고 그다음 해의 달리기도 다르지 않다. 그저 꾸준히 성실하게 달리면 된다. 남은 생의 목표가 있다면, 어느 마라톤 대회에서 최고령 참가자로 기록되고 싶은 것. 그러기에 욕심을 버리고 꾸준히 성실하게 달리려 한다.

'러너는 멈추지 않는다!'

평상시 농담처럼 나만의 어법으로 자주 쓰는 말이지만 툭툭 던질 때마다 마법의 주문처럼 느껴진다.

러너이기에 길에서도 삶에서도 멈추지 않는다.

일상이 무료하거나 현실이 답답하게 느껴지면 마법의 주문을 외워보자.

"러너는 멈추지 않는다!"

짐승의 호흡으로 닌자처럼 달려라
ⓒ 무어 2026

초판 1쇄 2026년 3월 20일

지은이 무어
일러스트 정은
펴낸이 이채진
디자인 유랙어
펴낸곳 틈새의시간
출판등록 2020년 4월 9일 제406-2020-000037호
주소 경기도 파주시 하늘소로16, 104-201
전화 031-939-8552
이메일 gaptimebooks@gmail.com
페이스북 @gaptimebooks
인스타그램 @time_of_gap

ISBN 979-11-93933-20-6 (03810)